SEVERINO RODRIGUES

ILUSTRAÇÕES DE JULIA BACK

1 MILHÃO DE MISTÉRIOS

Editora do Brasil

© Editora do Brasil S.A., 2021
Todos os direitos reservados
Texto © Severino Rodrigues
Ilustrações © Julia Back

Direção-geral: Vicente Tortamano Avanso

Direção editorial: Felipe Ramos Poletti
Gerência editorial: Gilsandro Vieira Sales
Edição: Paulo Fuzinelli
Assistência editorial: Aline Sá Martins
Apoio editorial: Maria Carolina Rodrigues
Supervisão de arte: Andrea Melo
Design gráfico: Ana Matsusaki
Supervisão de revisão: Dora Helena Feres
Revisão: Flávia Gonçalves e Andréia Andrade

Dados Internacionais de Catalogação na Publicação (CIP)
(Câmara Brasileira do Livro, SP, Brasil)

Rodrigues, Severino
  Um milhão de mistérios / Severino Rodrigues ; ilustrações de Julia Back. -- 1. ed. -- São Paulo : Editora do Brasil, 2021. -- (Série cabeça jovem)

  ISBN 978-65-5817-913-9

  1. Ficção juvenil I. Back, Julia. II. Título III. Série.

21-57720   CDD-028.5

Índices para catálogo sistemático:
1. Ficção : Literatura juvenil 028.5

Cibele Maria Dias - Bibliotecária - CRB-8/9427

1ª edição / 2ª impressão, 2024
Impresso na Melting Color Indústria Gráfica

Avenida das Nações Unidas,12901
Torre Oeste, 20º andar
São Paulo, SP – CEP: 04578-910
www.editoradobrasil.com.br

"A LOUCURA [...] ERA ATÉ AGORA UMA ILHA PERDIDA NO OCEANO DA RAZÃO; COMEÇO A SUSPEITAR QUE É UM CONTINENTE."

Machado de Assis

"UMA CURIOSIDADE IMENSA [...] QUE ESTEVE A PONTO DE [...] MERGULHAR DE VEZ ATÉ O FUNDO DAQUELES MISTÉRIOS."

Robert Louis Stevenson

O VALE DO MEDO

– Como um pesadelo – concluiu Duda.

– Quase isso. Só que acordada, ao vivo – disse Letícia.

– E você não tem medo de que possa acontecer de novo?

– Não vou mentir. Medo eu tenho. Mas prefiro pensar que tô me cuidando e que devo mesmo é aproveitar a vida... – falava Letícia quando Makoto se aproximou, pegando na mão dela. A garota completou, sorrindo: – E namorar.

Duda, Letícia e Makoto riram.

– Pessoal, vou fechar a biblioteca – avisou Cora. – Alguém mais vai levar algum livro pra casa?

– Já peguei – Duda acenou com um livro na mão.

Ninguém mais se pronunciou. A bibliotecária, então, começou a desligar o *notebook* e os aparelhos de ar-condicionado.

– Vamos? – perguntou Makoto para a namorada.

– Vamos – respondeu Letícia. E, voltando-se para Duda, disse: – Gostei de você. Mas não se preocupa comigo, não. Sou forte como uma mulher – e imitou o famoso cartaz da luta feminista.

Só que Duda não estava preocupada com Letícia, mas com ela mesma. A angústia reaparecendo. Sentiu a respiração mais difícil e as palavras sumindo, como engolidas por um buraco negro. Apenas acenou para Letícia, a garota que acabara de conhecer e que levou um baita susto do próprio coração.

Maria Eduarda, aluna do 9º ano A, passou a tarde na biblioteca do Colégio João Cabral de Melo Neto, onde estudava. Só não esperava ouvir a conversa entre Cora e Letícia quando foi fazer o empréstimo de um livro de Ciências para levar para casa. Muito menos conversar com a garota do 8º ano sobre problemas cardíacos. Letícia havia tido uma angina nas férias de julho.

A curiosidade pode ser algo nocivo. Por isso, Duda saiu da biblioteca calada e muito preocupada. Tensa. Sentindo até mesmo dificuldade para respirar normalmente.

– Calma – sussurrou baixinho para si mesma. – Lembra o que a psi falou. Lembra! Respira!

– Duda! – chamou Gil, dando uma pequena corrida na direção da garota. – Vai pra parada de ônibus agora?

Ela concordou com a cabeça. Não conseguia mais responder.

– Tenho uma novidade pra te contar – ele avisou.

Como uma nuvem negra, o temor encobria os pensamentos de Duda, bloqueando o mundo exterior. A garota só conseguia pensar no que ouvira na biblioteca. Gil teve que reclamar que ela não estava escutando o que ele dizia para que Duda voltasse à realidade.

– Você não tá prestando atenção, né?

– Desculpa, Gil.

– Sem problemas – ele piscou, cúmplice.

– Foi mal mesmo. Mas o que foi?

– Agora vou deixar você curiosa. Meu ônibus chegou. – E, por sorte, o garoto foi o primeiro da fila que logo se formou para subir no transporte coletivo.

– Ai, Gil! Não faz isso! – reclamou Duda, mesmo sabendo que a desatenção era consequência daqueles pensamentos fixos que sufocavam a mente e, muitas vezes, o próprio corpo também...

O amigo acenou, entrando no veículo.

Depois que ele partiu, a onda veio com todo o vigor.

Onda de pânico e terror.

Duda olhou de um lado para outro, procurando algum dos colegas de sala. Não viu nenhum. Tinha demorado demais na biblioteca. Arrependeu-se de ter passado a tarde inteira estudando, de ter conversado com Letícia, de não ter voltado para casa mais cedo.

Sentiu calor e suou. Olhou para o céu. Entardecer, noite se aproximando. Só a Lua e uma estrela no céu. E, na rua, nem sinal do ônibus de Duda. Demora. Perigo. Ela sentiu medo de tudo ao redor. Quis correr. Voltar para casa o mais rápido que pudesse. Encolher-se protegida no quarto. Longe de tudo e de todos. Por pouco não fez. E, por não fazer, o coração batia cada vez mais acelerado, como se corresse. A garota estremeceu de pavor com o que poderia acontecer dentro dela.

Uma dor atravessou o peito e as costas, sufocando-a. Mãos dormentes, queixo tremendo, dentes batendo.

Lágrimas.

Pensou que ia morrer.

O ESPELHO

Quase noite, quarto escuro.

Alan acendeu a luz, pegou o livro da mochila e se sentou na cama. Uma edição especial com os contos policiais de Edgar Allan Poe. Mistério e suspense eram os livros preferidos do rapaz. A obra com os três contos do detetive Auguste Dupin ficaria ao lado do *box* com a obra completa do Sherlock Holmes, de *sir* Arthur Conan Doyle, também um dos seus autores favoritos, e de vários casos de Hercule Poirot, personagem de Agatha Christie.

– Mais um? – perguntou Alexandre, o pai de Alan, entrando no quarto do filho.

O rapaz quis retrucar, mas, dessa vez, achou melhor ficar calado. Sabia que não adiantava argumentar. Já tentara uma vez e fora em vão. A opinião do pai era a opinião do pai e pronto. Infelizmente, ali, ainda era assim. Alexandre dizia que o filho comprava livros demais.

– Em vez de ficar só lendo essas histórias, você deveria estudar mais Exatas, isso sim. Ficou de recuperação em Física pela terceira vez este ano – e mostrou, na tela do celular, o boletim.

"Sou de Humanas", Alan cogitou responder. Só que não iria entrar naquela discussão de novo. Não valia o esforço. Aceitou que tinha puxado à mãe, que gostava das artes. No caso dele, de literatura. No dela, das artes plásticas, de pintar. Alguns quadros ainda estavam pela casa. Pena que ela se fora quando ele tinha 2 anos...

– Não vai dizer nada? – insistiu o pai.

– Recuperei essa nota já. Pode ficar tranquilo que também tô estudando e muito, senhor Alexandre – mentiu. Depois de fazer a prova de recuperação, escanteou o livro da matéria. – E este aqui é justamente um presente para recompensar o meu esforço.

– Hum... sei... boa desculpa. Pensei que era outro livro do Clube, de novo.

Alan quis revirar os olhos. Até com o Clube do Livro do colégio o pai implicava. Sempre se perguntava como isso era possível. Segurou-se.

O sonho de Alan era ser escritor. Já fazia alguns contos, entretanto não tinha coragem de mostrar a ninguém: as primeiras histórias guardadas no *e-mail* e num HD externo. Umas boas, outras nem tanto. Por isso, quanto mais livros de mistérios, policiais e de suspense pudesse ter, melhor. Aprenderia mais. Para isso, economizava a mesada que ganhava.

Para surpresa do rapaz, Alexandre se sentou na cama em frente ao filho. Embora essa atitude fosse rara, o adolescente sabia muito bem o que significava. Ele queria contar algo. E Alan desconfiava o que era.

– Bem... Acho que tô namorando de novo.

– Imaginei – disse Alan sem esboçar surpresa. – Quando é que vou conhecer? – perguntou como se fosse o pai do próprio pai.

– Em breve. Dessa vez, sem pressa. Faz tempo que não conhecia uma mulher assim. Você vai gostar dela.

Alan não teve tanta certeza. O pai dissera o mesmo quando apresentou a atual ex.

– Onde vocês se conheceram?

– No grupo de responsáveis do 9º ano.

– O quê?!

– Calma! A filha dela estuda em outra turma. Vocês não devem se conhecer. Fica tranquilo.

– Todo mundo no colégio meio que se conhece. Nem que seja de vista – resmungou Alan. – Esses grupos só infernizam a vida dos professores. Espero que ela não seja daquelas que colocam mais lenha na fogueira ou que pedem a cabeça dos outros numa bandeja.

– Não, não. Ela é diferente. Não interage muito lá. Ainda não conheci pessoalmente a filha.

– Tem uma foto das duas aí?

– Só da mãe. – E mostrou. – O nome dela é Regina.

Era linda. Alan teve a sensação de que já a tinha visto antes. Provavelmente em algum dos eventos da escola. No entanto, a beleza de Regina deixou Alan triste. De novo. Não pelo pai, mas por ele mesmo. Toda vez que o pai apresentava uma namorada, ele se lembrava de que não tinha tanta sorte assim com as garotas. Não era tão bonito quanto o pai. E, a cada semana, o rosto...

– Vou preparar a janta – avisou Alexandre, levantando-se. E, antes de sair, disse: – Sua testa está horrível. Você não está usando o sabonete que comprei na farmácia, não?

Era o comentário que faltava para a tristeza de Alan chegar aos olhos. Nem respondeu. O pai já tinha saído. O rapaz respirou fundo para não chorar e seguiu para o banheiro, lentamente. Ligou a luz, acendendo o reflexo no espelho.

Alan odiava espelhos. Neles, o rosto parecia cada vez mais feio. As espinhas da testa estavam enormes, inchadas. Tocou nelas com o dedo indicador. Doloridas. Notou sobre o nariz outra querendo montar acampamento. Sim, lavava o rosto com o sabonete que o pai comprara. No entanto, não estava resolvendo.

– Nossa! Sua cara tá enchendo de espinha. – Era o que mais vinha ouvindo no intervalo.

O comentário doía tanto quanto as inflamações da pele.

Se as coisas continuassem assim, só piorando, logo, logo não daria nem pra postar uma *selfie*.

O sonho, então, de criar um canal sobre livros na internet se distanciava a cada dia. Como consolo, apenas uma ideia que tivera e que, caso desse certo, ele realizaria sem nem mostrar a cara.

MARIANA

– Será que eu nunca vou ficar boa? – perguntou Duda abraçada à mãe.
– Calma, filha. Você não pode pensar assim.
– Já tava me sentindo quase curada!
– Você lembra o que Anuska falou?

Duda fez que sim com a cabeça e se afastou um pouco da mãe. Mariana afastou os cabelos do rosto da filha com ternura.

– E o que foi que ela disse? – insistiu.
– Recaídas podem, sim, acontecer – respondeu Duda. – É natural.
– Então? Algo do tipo já era meio que *esperado*, né?
– Mas eu não queria, mãe! Não quero! A impressão que dá é que nunca vou ficar boa, que a qualquer momento pode acontecer tudo de novo. Só de pensar nisso já fico nervosa, com medo. Por que eu fui nascer assim, mãe? Toda bugada, toda cheia de defeitos...
– Peraí, Maria Eduarda. Cheia de defeitos você não é – discordou seriamente a mãe. Para aliviar a tensão, brincou: – Bugada, talvez... Esse é o seu jeitinho. E a gente tá cuidando disso. Procure ver o lado positivo. Não

precisou ir ao hospital dessa vez. Tomou o remédio, foi controlando a respiração, melhorando... Nem busquei você no colégio. Você veio sozinha. De ônibus!

– Mas eu achei que fosse morrer! – E Duda apertou as mãos ao recordar o ataque de pânico.

Não foi a primeira vez. Nem a segunda. Possivelmente ainda não seria a última. O tratamento não é milagroso, de uma hora pra outra. É processo, reconstrução. Disciplina, paciência e persistência.

Mas Duda queria ficar boa logo. De vez. Para sempre.

Ainda se lembrava do dia em que foi parar no hospital, passando muito mal, sentindo as emoções à flor da pele, como se estivesse com um problema gravíssimo de saúde e até sentindo que não resistiria àquele momento. Foi assustador. A cabeça acreditando mesmo que estava muito doente, em perigo.

Depois da bateria de exames, os resultados indicaram que estava tudo bem.

– Pelo menos hoje, é a cabeça que precisa de cuidados – alertou o médico da emergência na ocasião.

Daí, a visita ao psiquiatra, à psicóloga e o início da terapia para cuidar da síndrome do pânico. Aquela crise que levara a garota ao hospital era apenas a ponta do *iceberg* de um amontoado de coisas à deriva na mente de Duda.

Traumas, medos e sonhos.

Numa das primeiras sessões de terapia, a garota até se surpreendeu com a lembrança de um episódio na infância, quando sentiu um medo terrível de morrer que a fez saltar da bicicleta, correr para o banheiro com dor de barriga e depois chorar abraçada à mãe, pedindo que ela não a deixasse morrer.

– Filha? – chamou Mariana, despertando a garota das recordações. – Tá aí? – brincou mais uma vez com um sorriso acolhedor.

– Tô – Duda também esboçou um sorriso.

– Melhor?

– Melhorando.

– Você lembra que fizemos todos os exames que o cardiologista pediu há menos de seis meses?

– Lembro sim.

– E que deu tudo maravilhoso?

– Hum-hum.

– Então, que tal você se deitar um pouquinho? Escutar uma música, relaxar... Ou meditar, controlando a respiração? Inspira, expira, observa a barriga subindo e descendo...

Duda assentiu.

– Amanhã você tem sessão extra com Anuska – continuou a mãe. – Já marquei. Ela vai ajudar você ainda mais.

Mariana beijou o rosto da filha e saiu. Só então a garota pegou o celular e viu a mensagem de Gil:

> Pensava que vc era curiosa 🕵️

UM ESTUDO EM VERMELHO

No dia seguinte, Alan chegou à escola em cima da hora.

Durante o banho, inventara de espremer uma espinha e o sangue demorou a estancar. Agora, após entrar no colégio, pegou mais uma vez o pedaço de papel higiênico que trouxera no bolso e tocou no ferimento, localizado na têmpora direita. No papel ficou um pingo, indicando que não cicatrizara.

– Preparado? – Foi Gil quem perguntou.

– Sim, sim – respondeu Alan querendo dizer, na verdade, o contrário. – Editar vai ser a parte mais chata.

– A gente tenta. Se gravarmos com o menor número de erros e pausas possível, facilita também. Um bom roteiro deve ajudar.

Apesar de Alan ser da turma A e Gil da turma B, os dois se conheceram numa roda de conversa que aconteceu durante o Setembro Amarelo e acabaram comentando que tinham muita vontade de fazer um *podcast*. Um sobre literatura e o outro sobre ciências. Depois de trocarem algumas ideias, decidiram unir forças.

– E as artes pra divulgação? – quis saber Alan. – Como a gente vai fazer?

– Descobri um aplicativo em que dá pra fazer *banner*, *post*, *newsletter* –

contou Gil. – Uma parte das coisas é de graça. Outras são pagas. A gente vai vendo o que dá pra fazer e o que pode gastar. Sabe como é, vida de bolsista não é fácil. Ainda tô economizando pra viagem de novembro... Mas, em resumo, ontem à noite me empolguei pesquisando. Fui dormir mais de meia-noite mexendo nesse negócio.

– Fiquei de procurar algumas coisas ontem também, né? Foi mal. Mas a minha noite não foi nada produtiva... Sem cabeça.

– Acontece. Quem dormiu tarde fui eu, mas quem tá com cara de cansaço é você.

Alan concordou. Já sabia. Quando escovou os dentes pela manhã, o espelho também tinha dito.

– Precisamos decidir o nome... – relembrou Gil. – Essa parte era contigo.

– Quando você quer gravar o primeiro episódio?

– Sábado. Na segunda, a gente divulga na escola e, à tarde, solta.

– Era bom alguém pra divulgar, fazer um vídeo... Atingiria um público maior.

– Já pensei nisso – disse Gil com um sorriso de quem escondia um segredo.

– Quem?

– Marjorie.

– Gostei! – concordou Alan.

Marjorie era a blogueirinha do 9º ano B, a turma de Gil. Mesmo assim, Alan, que era da turma A, conhecia a garota. Aliás, todo o colégio conhecia. Era a mais linda do 9º ano. Inclusive, esse foi o resultado da pesquisa feita por um trio de garotos do 9º ano A – Anthony, Breno e Caio – e que deu a maior confusão no primeiro semestre, com direito a advertência para os envolvidos e discussão em sala de aula sobre padrões de beleza impostos pela sociedade e sobre machismo.

Foi também no começo do ano que Alan tentou se aproximar de Marjorie, mas sem sucesso. Completamente ignorado. Por isso, parou de curtir, comentar e até acompanhar as fotos da garota. De vez em quando ainda olhava algo, é claro. À medida que o tempo foi passando, aceitou que ela não era para o seu universo. O mundo dela, de blogueira, de fotos, não combinava com a cara dele.

– Se ela topar, vai ser massa – analisou Alan.

– Mas ela não respondeu minha mensagem ainda.

– Ela tá com quantos seguidores mesmo?

– Mais de 10 mil! – respondeu Gil, empolgado, pegando o celular para mostrar.
– Marjorie é sua amiga. Se você falar com ela...
– Sumiu!
– Hã?! – estranhou Alan.
– O perfil dela sumiu – explicou Gil, preocupado. – Não tô encontrando. E eu vi hoje de manhã!
– Como assim? – Alan também procurou. Nada. – Será que hackearam?
– Ela excluiu.
Quem respondeu foi Duda.

A CARTOMANTE

Excluí

Duda mostrou a mensagem para Gil.
– Só isso? – ele indagou.
– Liguei pra ela, mas não atendeu. E Marjorie não é de chegar atrasada – observou a garota, conferindo a hora depois que o amigo devolveu o celular.
– Ela vivia conectada, curtindo e compartilhando tudo pra aumentar o número de seguidores. Por que ela excluiria o perfil?
– E justamente quando passa dos 10 mil seguidores? Essa Marjorie a gente não conhece – sentenciou Duda. – Tô preocupada.
– A gente tinha pensado nela pra divulgar o *podcast* – disse Gil indicando Alan ao lado.
Apreensiva com o que ocorrera com a amiga, Duda nem tinha reparado direito no rapaz ali. Ela sabia que ele era do 9º A, porque Gil já tinha contado do novo projeto.
– Ia ser uma divulgação massa – Alan disse, despertando a atenção de Duda. – Marjorie é a blogueirinha do colégio. Mas agora...

– Eita! – fez ela, espontânea, examinando o rosto de Alan. – Tua espinha tá sangrando.

– Vou dar um pulo no banheiro – avisou o rapaz, afastando-se.

O sinal tocou. Gil sentenciou:

– Pela hora, ela não vem mesmo. É sempre uma das primeiras a chegar na escola.

– Isso tá muito estranho – asseverou Duda. – Ela não me atendeu nem retornou, e muito menos ouviu meus áudios. Queria tanto conversar com ela sobre ontem...

– Ela também não respondeu à mensagem que mandei ontem. E agora com essa do perfil... Ela não faria isso sem mais nem menos. Aconteceu alguma coisa muito séria. Não tem outra explicação. Mas o quê?

– Se eu fosse adivinha, usava minhas habilidades pra descobrir. Ou melhor... vou insistir.

Duda parou e digitou muito rápido:

> **Vc tá bem?**
> **Tô muito preocupada.**
> **Dá notícias.**
> **Por favor 🙏**

– E você? Como tá? – quis saber Gil.

– Agora tô bem.

– Parece que o dia de ontem não foi nada fácil pra vocês duas.

– Pois é.

– Você vai na psi hoje?

– Hum-hum. Depois do colégio. Sessão extra.

– Olha, já decidi: vou ser médico psiquiatra. Aí, cuido de você – ele piscou para ela.

– Espero que até você se formar eu já tenha recebido alta – Duda riu. – Só de pensar numa nova crise, fico nervosa. O pior é que essa ideia fica indo e voltando na minha cabeça quase o tempo todo. Parece chiclete, cola, quando gruda na calça, não quer sair mais.

– Bom dia, minhas crianças. Preparados para a prova? – perguntou Micheline, a professora de Ciências, interrompendo a dupla.

Duda nem teve coragem de responder. Depois de uma noite conturbada, não tinha certeza se ainda sabia do conteúdo. Nem tocou no livro que pegara na biblioteca para revisar antes de dormir. Ao lado de Gil, entrou na sala, seguida pela professora.

A garota, então, sentou-se na carteira de sempre e conferiu o celular mais uma vez. Na tela, uma notificação. A resposta da amiga.

> Tô

Mas Marjorie não estava nada bem. Duda não precisava ser nenhuma cartomante para saber disso.

O MÉDICO E O MONSTRO

Alan também chegou em cima da hora para o Clube do Livro.

Os encontros aconteciam todas as quartas, ao meio-dia, na sala 4, e eram coordenados pela professora Lila, de Língua Portuguesa. Ao longo do ano, as discussões renderam ótimas leituras. Mas nenhuma de mistério, suspense, horror ou terror até o momento. O rapaz estava desanimado para seguir no Clube por conta disso.

Na primeira reunião de outubro, como em todos os meses, uma nova leitura seria escolhida. E ele tinha esperanças de que seu desejo fosse atendido.

– Ei, Alan! – chamou Gabriela, do 6º ano, que fazia parte do grupo. – É verdade que você vai fazer um *podcast* com Gil?

– Como você sabe? – Ele não tinha comentado com ninguém, apesar de não ser nenhum segredo.

– As notícias correm nesta escola. Posso dar uma dica?

– Fica quieta, Gabi – reclamou Gustavo, o irmão da garota, que também integrava o time de leitores.

Alan sorriu, meio sem graça. Em seguida, olhou o mais discretamente que pôde na direção de Gustavo, que estava de mãos dadas com Júlia. Alan sentiu uma pontinha de inveja do casal. Ele, jogador de basquete, o mais alto da turma. Júlia, nadadora, tinha voltado aos treinos, no entanto sem qualquer pretensão olímpica. Atléticos, formavam um bonito casal. Nenhuma espinha marcava o rosto dos dois.

– Olha, faz episódios sobre livros também – sugeriu Gabi, retomando a atenção do rapaz. – Eu dei a dica pra Ariadne, a minha amiga que tem um canal, o *Fios de Ariadne*, e a danada tá bombando. Tem gente que diz que não, mas, no fundo, todo mundo gosta de ouvir uma boa história. Vai por mim que é sucesso garantido.

Discretamente, enquanto a menina falava, Alan tocou com a ponta do dedo na espinha que estourara. Cicatrizara. Lembrou-se de Duda, da turma de Gil. A garota de cabelos muito pretos e pele muito branca. Parecia a própria Branca de Neve. Mas só notara nele a espinha sangrando. O rapaz tocou na outra espinha que crescia na lateral do nariz. Meio dolorida. Mal uma ferida cicatrizava, outra já tomava forma.

– Você tá me ouvindo? – quis saber Gabriela.

Encabulado, Alan riu. Tentou fingir que não havia se dispersado, comentando o pouco que os ouvidos captaram:

– Sim. Na realidade, a gente já vinha pensando em alguns programas do tipo com dicas e tal...

– Gente – disse Serginho, atrapalhando a conversa da dupla com uma cara esquisita. – Vocês não repararam que nossa mentora intelectual está muito atrasada? E isso... nunca aconteceu – completou em tom misterioso.

Serginho era a figura engraçada do Clube. Era aluno do 8º ano e sempre soltava algum comentário divertido quando menos se esperava.

Nesse instante, a porta da sala se abriu e uma bruxa entrou. Ou melhor, a professora Lila. De bata e máscara de bruxa, com nariz adunco e verruga.

– Boa tarde, pessoal! Perdão pelo atraso! Fim de ano se aproximando e a correria também – a voz da professora saiu abafada pela fantasia.

– Olha aí! Não disse que a professora tava com problemas?

– Deixa de brincadeira, Serginho – pediu Letícia, a poetisa do grupo.

– Por que essa fantasia, professora? – quis saber Clara.

– Uma dica!

– Halloween! – gritou Gabriela.

O coração de Alan acelerou. Clube do Livro. Outubro. Dia das Bruxas.

– Quer dizer então... – intuiu o rapaz.

– Sabia que você iria gostar – falou Lila, retirando a máscara.

– Já não era sem tempo. Tava ficando angustiado com essa demora por um livro de mistério.

A professora riu. E provocou:

– Mas todo livro não esconde um mistério?

Intrigado, Alan fez uma careta, refletindo sobre a pergunta.

– A gente só descobre o que está oculto por uma capa depois de ler. Capas são como máscaras que escondem segredos, mistérios.

"Nem sempre pela cara se adivinham os pensamentos", ele pensou em dizer, mas se deteve.

– Vamos ler um livro de mistério e suspense desta vez – confirmou a professora. – Queria ter feito uma entrada triunfal melhor para anunciar a novidade, mas só achei essa máscara esquecida na coordenação. Alguém perdeu isso no Carnaval. Enfim...

– Neste mês é a senhora quem escolhe, né? – quis confirmar Júlia.

– Isso!

– O livro tem alguma coisa a ver com bruxas? – arriscou Gabriela.

Retirando o título da bolsa, Lila explicou:

– Não, não. Pelo menos, não desta vez. Vamos ler *O médico e o monstro*, de Robert Louis Stevenson. Um livro que faz a gente refletir sobre o nosso lado bom e o nosso lado mau, o que temos de humano e de monstro, de belo e de feio... Não sei se vocês perceberam, mas isso que acabei de fazer foi um *cosplay*. Bata e máscara, médico e monstro, entenderam?

– A senhora tá precisando de férias – asseverou Serginho.

O Clube inteiro riu. Menos Alan.

Ele teria preferido um livro de contos policiais. Por exemplo, os mistérios que o detetive Dupin investigava, que ele já tinha em casa. O pai, então, não reclamaria. Agora, Alan precisava comprar mais um.

Tudo bem. Quem sabe fosse gostar bastante da indicação? Ou até se identificar com a história? Quando se olhava no espelho, em casa, Alan já via um monstro refletido.

A CAUSA SECRETA

Na sala de espera da psicóloga, Duda aguardava. De uma caixinha de som, vinha uma agradável e relaxante música instrumental, que nem sempre tranquilizava. A garota estava preocupada com Marjorie. Queria entender o que a amiga estava passando.

Na saída do colégio, Duda tentou ligar para Marjorie duas vezes. Em vão. Nem sinal da garota. Pior que no começo da manhã, quando recebeu uma única palavra: "Tô".

Aquilo tudo era muito estranho. Marjorie excluir o perfil com mais de 10 mil seguidores e depois sumir? Logo ela, que era a mais rápida em responder nas redes sociais? Ela, que sempre curtia, comentava, compartilhava e postava mais que todo mundo? Milhões de perguntas voavam dentro da cabeça de Duda. Todas sem resposta.

Duda conferiu a hora. Faltavam menos de cinco minutos para a consulta. Já que ligar não adiantava, mandou pela enésima vez uma mensagem para a amiga:

???????????????????????

Duda, então, aguçou os ouvidos para decifrar o barulhinho quase inaudível da conversa que vinha da sala da psicóloga. Muitos mistérios eram revelados ali, dentro daquelas quatro paredes. A garota tinha consciência de que era feio fazer isso, tentar escutar, mas a voz dos pacientes, às vezes, sobressaía um pouco mais e a conversa parecia querer entrar em seus ouvidos. Porém, não dava para compreender. Com certeza, a acústica fora testada com todo o cuidado, a fim de garantir a privacidade. Mas que a curiosidade batia, isso batia.

A garota, no entanto, não precisava ouvir para descobrir como andava o tratamento dos pacientes. Bastava observar o modo como eles saíam do consultório.

Abrir-se na terapia, com alguém que não tinha intimidade, era difícil no começo. E foi assim também para Duda, que sentia muita vergonha de estar ali. Com o tempo, a afinidade foi aumentando, a confiança crescendo e as conversas fluindo melhor, mais sinceras. Assim, para a garota, aqueles que a cumprimentavam na salinha, dando boa-tarde, pareciam fazer tratamento há mais tempo; os outros, mais novos, deixavam a sala apressados, com os olhos fixos no chão, como se não quisessem ver ninguém, muito menos serem reconhecidos. A vergonha ainda não havia dado lugar ao amor-próprio.

Foi desse jeito, cabisbaixa e envergonhada, que Duda saiu do consultório depois das primeiras consultas.

Foi desse jeito, cabisbaixa e envergonhada, que Marjorie saiu do consultório naquele segundo, deixando a amiga na sala de espera com os olhos arregalados.

O PATINHO FEIO

– Nenhuma notícia de Marjorie? – perguntou Alan para Gil, assim que saíram da loja de produtos eletrônicos.

Os dois garotos tinham combinado de dar um pulo no *shopping* para procurar um bom microfone para a gravação dos primeiros episódios do *podcast*.

Gil mostrou o celular:

> Não se preocupa
> Vou ficar bem

– Recebi isso meia hora atrás.
– Hum... – fez Alan. – Um baita mistério, hein?
– Com certeza – assentiu Gil. – E deve ter sido algo bem sério. Marjorie não é de se isolar. Acho melhor a gente começar a divulgação sem ela. Não seria bacana pedir nada nesse momento. Principalmente sem saber direito o que houve.
– Tem razão. E como ficou a programação mesmo?
– Toda segunda um novo episódio e quatro focos diferentes por mês, um por semana. Um de ciência e tecnologia; outro de artes em geral, literatura, cinema, séries, música e tal; outro de entrevistas; e o quarto, que não fechamos ainda, pensei que poderia ser sobre saúde mental.
– Taí! Gostei!
– Saúde mental tem tudo a ver com a cabeça da gente hoje em dia.
– *Cabeça Jovem* – sentenciou Alan. – Taí o nome do nosso *podcast*!
– Fechou! – vibrou Gil. – Sabia que você ia arranjar um bom título. No sábado, a gente grava logo os dois primeiros episódios. Aí, ficamos mais folgados pra editar e preparar a divulgação.
– Beleza!
– Partiu casa?
– Bora pra livraria antes. Tenho que comprar o livro do Clube. É rápido. Depois a gente pega o ônibus.

– Você, livraria, rápido? Vou fingir que acredito.

Alan riu. Subiram a escada rolante.

O rapaz quis perguntar sobre Duda. Desistiu. Não tinha muita intimidade com Gil. A amizade era meio profissional. Só falavam do *podcast*. Alan ainda pensou em comentar a nova namorada do pai. Aquela história inusitada de eles terem se conhecido no grupo de responsáveis. De quem Regina seria mãe? Mas acabou deixando de lado isso também. Alan não era de se abrir muito com ninguém. Tinha dificuldade de fazer amigos. Ou de deixar os amigos serem amigos.

Quando se aproximaram da loja, Alan reconheceu Duda saindo da livraria. Achou-a tão linda quanto pela manhã. Como se a expressão do rosto, ao mesmo tempo de curiosidade e reflexão, o atraísse como um ímã. Uma princesa.

– Oxe! Você aqui? – quem perguntou primeiro foi Gil.

– Oi... – ela cumprimentou, visivelmente surpresa, olhando para os dois. Alan reparou que na sacola havia um livro embrulhado. Ela explicou: – Vim comprar um presente.

– A gente veio comprar um microfone para o *podcast*. Estamos investindo pesado – disse Gil. – Mas dentro das nossas limitações, é claro – fez uma pausa. – Olha, Marjorie deu notícias. Mesmo assim, ainda tô preocupado.

Alan percebeu que a garota olhava para ele, parecendo sentir certo desconforto. A presença dele incomodava, era óbvio. Havia uma cumplicidade latente na troca de olhares dela com Gil. Alan estava sobrando. Uma dura conclusão a que ele chegou. Melhor se retirar logo.

– Vocês fiquem conversando aí, que vou procurar meu livro – avisou o rapaz, sorrindo simpático e tentando agir naturalmente ao entrar na livraria.

Alan, como já tinha decorado a distribuição dos títulos nas estantes, achou logo *O médico e o monstro* numa prateleira perto da vitrine. E, dali, fingindo procurar outro título, ficou observando Duda e Gil, que conversavam como se entre eles não houvesse segredos. Mais íntimos do que qualquer amizade.

Alan notou o reflexo do próprio rosto na vitrine. Uma expressão que ele nunca tinha visto. Misto de tristeza e raiva. No lado esquerdo do nariz, a espinha se destacando mais fortemente, inflamada. Baixou a vista e reparou num monte de livros infantis espalhados. O Dia das Crianças se aproximava. Entre os diversos títulos, um chamou sua atenção. Reconheceu-se.

O patinho feio.

O MISTÉRIO DO QUARTO AMARELO

Duda olhou para o alto.

Marjorie morava no último andar, o décimo quarto. E Duda, sempre que visitava a amiga, encarava o elevador com um pouco de medo.

Após iniciar a terapia, o receio diminuíra bastante. Se bem que, por precaução, gostava de conectar os dados do celular para garantir a possibilidade de qualquer contato de emergência. A alegria e a tranquilidade mesmo só vinham quando o aparelho buscava automaticamente o *wi-fi* do apartamento da amiga, sinalizando que estava chegando.

– Pode subir – confirmou a mulher da portaria, despertando Duda dos seus pensamentos literalmente elevados.

– Obrigada, Cibele – agradeceu.

Chegara a hora de Duda desvendar o que a amiga estava escondendo.

Por que Marjorie excluíra o perfil? Por que fora à psicóloga? Por que passara o dia evitando os amigos? Por que não confiara nela, sua melhor amiga?

Um certo ressentimento também tomava conta de Duda por causa do distanciamento da amiga justamente quando ela tivera mais uma crise. Ninguém pode prever quando alguém mais precisa de você.

Logo que tocou a campainha, a porta se abriu.

– Oooi! Entra, Dudinha!

Lá estava Marjorie. Igual a todos os dias em que Duda fora visitar a amiga. Não notava nada de diferente. Ou sim? O olhar furtivo de Marjorie... Sim, aqueles barcos azuis navegaram em águas bravias. A calmaria ainda guardava sinais da tempestade.

– Vai ficar aí parada? – perguntou a amiga.

Duda entrou e entregou o presente. Marjorie fez uma carinha triste.

– Obrigada. Mas não é meu aniversário nem nada.

– Tá sozinha?

– Minha mãe tá no banho. Bora lá pro quarto. Tava assistindo *Friends*. Quer ver um episódio comigo?

O convite.

Uma série? Comédia?

Era a prova de que tinha alguma coisa errada. Marjorie não era de assistir a séries, muito menos de comédia. Entraram no quarto.

– Por que...

– Reativei – e, desbloqueando o celular, mostrou-o à amiga. – Não postei nada ainda hoje. Mas vou postar daqui a pouco – acrescentou sem encarar Duda.

Na tela, a garota viu muitas notificações. Muitas mensagens dos seguidores perguntando por que ela tinha desativado a conta.

– Tava preocupada – disse Duda. – Você sumiu. Tá tudo bem?

– Tá sim – respondeu Marjorie, apertando o *play* e jogando o controle sobre a colcha amarela. As paredes do quarto também eram amarelas. Tudo em tom pastel.

Duda pegou o controle e baixou o volume. Examinou a amiga, de perfil. O rosto de Marjorie ficando vermelho.

– Para de fingir. Não tá tudo bem.

Marjorie apertou os lábios para não chorar. Olhou de relance para a porta do quarto. Aberta. Levantou-se. Verificou o corredor. Fechou. Sentou-se. As lágrimas rolaram.

A emoção que tomou conta de Marjorie também contagiou Duda, que deu um abraço apertado na amiga para demonstrar que ela não estava sozinha, à deriva, à mercê das tormentas.

CONTO DE ESCOLA

Dois dias depois, Duda e Marjorie entraram juntas no Colégio João Cabral de Melo Neto, como se nada tivesse acontecido. Foi o que Alan observou quando viu as duas de braços dados enquanto comia um misto com suco de laranja na cantina da escola.

Qual motivo levara Marjorie a abandonar por 24 horas o seu famoso e querido perfil das redes sociais? Ele ainda se perguntava. Desde o dia anterior, a conta estava de volta. Perguntou para Gil a causa, mas ele não fazia ideia ou não quis contar. A aparente tranquilidade das novas postagens da blogueirinha da escola escondia as perturbações recentes. Alan se lembrou de Lila. Aquela história de capas e mistérios.

Alan viu Gil se unir à dupla. Pensou em acenar para o trio, mas recuou a mão que mal erguera. Eles não tinham notado o rapaz. Talvez fosse melhor assim. Não veriam a espinha ainda mais inflamada no lado esquerdo do nariz. Um vulcão quase em erupção.

O sinal tocou.

Alan pôs na boca o último pedaço do sanduíche, bebeu o restante do suco e seguiu para a sala. Antes, porém, um dos colegas de classe avisou que deveriam ir para o auditório. Estranhou. Movimentação atípica para aquele início de sexta-feira.

No palco, já aguardavam pelos alunos os professores de Língua Portuguesa, Lila e Roberto, a professora de Inglês, Simone, e a coordenadora do Ensino Fundamental II, Heloísa. Depois que os ânimos foram mais ou menos acalmados, a coordenadora começou:

– Bom dia, turmas! É com muita satisfação que venho aqui hoje, ao lado dos nossos queridos professores, apresentar um projeto e, ao mesmo tempo, um desafio para todos vocês.

Alan olhou para Lila. Aquilo tinha cara de invenção dela. A professora era uma das mais criativas do corpo docente. Nesse instante, ela olhou para o aluno e disse sem emitir nenhum som:

– Você vai gostar!

O rapaz ficou curioso.

– Mas eu não vou contar nada – continuou Heloísa. – Vou deixar que nossos docentes apresentem o que vem por aí.

Alan tentou localizar Duda, Marjorie e Gil no meio das duas turmas. Eles estavam na primeira fila, enquanto ele havia se sentado sozinho, cinco fileiras depois. Como havia um assento livre logo atrás do trio, trocou de lugar. Gil cumprimentou com um joinha e Duda fez um ligeiro movimento com a cabeça. Marjorie olhou para ele, porém não esboçou nada, como sempre.

– Pessoal, vou contar logo a novidade – anunciou a professora Lila, dando um passo à frente. – Na sala dos professores, além de tomar café e comer *cream cracker*, a gente também tem boas ideias. E, numa conversa com meus colegas Roberto e Simone, decidimos fazer um concurso. Um concurso de contos de mistério, suspense, horror e terror!

Alan quase deu um pulo na poltrona. Seu sonho era ser escritor. Se ele ganhasse, seria o melhor prêmio do mundo! Talvez não o melhor do mundo, seria exagero, mas o primeiro. O início da carreira em grande estilo. O problema foi o que ele ouviu a seguir.

– Vou participar! Já sei até o que vou escrever – contou Gil para Duda. – Você é minha musa inspiradora, Dudinha!

– Você que é um gênio! – e ela deu um beijo demorado na bochecha de Gil.

Alan apertou os olhos. A intimidade entre Gil e Duda não era só de amigos mesmo. Havia algo a mais ali com toda a certeza. E ele, feito um bobo, não tinha percebido isso antes.

Inveja.

Raiva.

Tristeza.

Sem sorte no amor, a esperança do rapaz era vencer no jogo.

DOM CASMURRO

Oooi, Jojozinhas e Jojozinhos! Tudo bom? Tenho uma novidade pra contar. Um novo podcast *feito por adolescentes e para adolescentes! Gente que nem a gente! Gil Queirós e Alan Gonçalves comandam o* Cabeça Jovem, *com atualidades, entrevistas, dicas de livros, filmes e séries, saúde mental, tudo sobre o nosso universo perfeitamente complicado. E aí, curtiram a novidade? Então, acessem o* link *na bio e corram pra escutar! O primeiro episódio já tá disponível! Besitos da Jojô!*

– E aí? Ficou bom? – perguntou Marjorie para Duda.

– Você arrasa, amiga! Se fosse pra eu gravar um negócio desses, tava frita. Me mexo muito, não consigo ficar olhando pra câmera, a língua trava, erro até na concordância das palavras... Um horror!

– No começo, meus vídeos não eram lá essas coisas, depois foram melhorando. E eu erro muito, viu? Muitas tentativas até fazer algo legal.

– Sei... Mas já vai postar?

– Faltam cinco minutos. Combinei com os meninos de publicar às 14h em ponto.

Naquela hora, quem olhasse para Marjorie não imaginaria as nuvens carregadas que haviam toldado a vida dela na semana passada. Os olhos muito azuis e o sorriso muito branco, igual às fotos que ela postava para os seus – agora – 11 mil seguidores, eram como um céu ensolarado.

Aparências.

No fundo, Duda sabia que uma ou outra nuvem deveria sobrevoar aquela praia de vez em quando, roubando o brilho do sol. Não existe céu sem nuvens. Pelo menos, não para sempre. Ainda bem que Marjorie tinha a mãe, a amiga e a psi.

– Já reparou no modo como Alan olha pra você?

Os pensamentos de Duda foram abruptamente interrompidos por essa pergunta.

– Não... – respondeu, sentindo frio na barriga. Surpreendeu-se com a própria reação. Aonde a amiga queria chegar?

– Você não notou mesmo? – insistiu Marjorie. – Acho que...

– Ah, não! Nem vem!

– O que é que tem?

– Marjorie!

– Maria Eduarda!

– Você fez de propósito – asseverou Duda, recordando a cena na saída do colégio.

– Não. Nem vem. Foi uma pergunta bem simples. Só perguntei pro Gil se ele tinha terminado o conto inspirado na musa dele. Aí, Alan fez uma cara...

– Você tá imaginando coisas.

– Será? Me pareceu tão espontânea a reação dele. Quando a gente foi pegar o ônibus, me virei e tive a impressão de que ele olhava meio triste para vocês dois.

– Nunca notei – Duda decidiu que a partir do dia seguinte prestaria atenção nisso.

– Tô me sentindo a própria Maria Dias nessa história.

– Quem?

– Maria Dias. José Dias. *Dom Casmurro*. Machado de Assis. Não pegou a referência?

– Não li ainda.

– Depois a blogueirinha alienada sou eu – ironizou a amiga. – José Dias é o personagem que faz Bentinho, o futuro Dom Casmurro, enxergar os próprios sentimentos e o olhar talvez apaixonado de Capitu.

– Ele era oftalmologista?

O alarme do celular tocou.

– Hora de postar. Mas muito engraçadinha você.

– Vou colocar o episódio pra gente ouvir – avisou Duda, ajudando a mudar o rumo da conversa.

Acessando o *link* que Gil tinha enviado, Duda deu *play* no primeiro episódio do *Cabeça Jovem*.

– *Alô, alô, terráqueos que se sentem marcianos em pleno planeta Terra! Aqui é Gil.*

– *E aqui é Alan. Juntos vamos desvendar os mistérios da mente dos adolescentes de hoje.*

– *Está começando o primeiro episódio do seu...*

– *do meu, do nosso podcast...*

– *Cabeça Jovem!*

BRANCA DE NEVE

Alan pegou o celular:

> Mais de 200 pessoas já ouviram!
> Somos um sucesso! 😄😄

> Simbora pensar nos próximos programas! 👏

> E na sua fantasia do Halloween!
> Depois vê uma foto que mandei
> Tem pra vender na mesma loja em que vou comprar minha fantasia
> O preço tá bem em conta

> Vlw
> Blz
> Tmj

Entretanto, as mensagens digitadas no celular não correspondiam à expressão do rosto de Alan. A cabeça do adolescente estava cheia, enorme tal qual uma lua. Lembrava-se do comentário de Marjorie, da risada cúmplice de Gil, do sorriso sem graça de Duda e de novo da blogueirinha, que percebera algo diferente no rosto dele. E não eram os novos cravos ou espinhas.

Melhor esquecer tudo isso.

Pegou o livro do Clube para continuar a leitura. Talvez devesse ser um pouco como o dr. Jekyll, de *O médico e o monstro*, um homem da ciência, extremamente focado. Ou tão lógico quanto o detetive Dupin nos *Assassinatos na Rua Morgue*, de Edgar Allan Poe. Ou ainda racional, tal qual Sherlock Holmes, que escapava de qualquer relacionamento amoroso. Se bem que existia Irene Adler, a ladra que enganara o detetive londrino...

No entanto, Duda roubava cada vez mais a atenção de Alan. Quanto mais procurava pensar em outras coisas, mais pensava nela. No fim de semana, pegou-se olhando as fotos de Duda e achando-a ainda mais linda. Teve uma imagem que o deixou intrigado. Um pouco de olheiras. Legenda: "Noites escuras precedem dias iluminados". Uma foto com uma boa dose de mistério. Ela também dava livros de presente. Mais pontos no currículo.

E Gil? O que havia entre eles? Não, não. Deixar para lá significava fugir de problemas. Sem falar da autoestima no fundo do poço. Alimentar uma futura decepção seria pior.

Não conseguiu ler. Recordou o concurso de contos.

Encostou-se na cabeceira da cama, pôs o *notebook* sobre os joelhos, ligou-o e procurou o editor de texto. Precisava escrever. Isso. Focar. Foco era o que justamente faltava naquele momento.

Lá veio Duda de novo.

Ela era a musa inspiradora de Gil. A garota parecia a Branca de Neve. Será que o parceiro de *podcast* faria uma releitura? Não importava. Alan se esforçaria ao máximo para conquistar o primeiro lugar. Respirou fundo.

Na hora em que ia digitar, ouviu vozes próximas. Em seguida, a porta da sala se abrindo. O pai já chegara? Mais cedo?

– Filho? Tás em casa? – Era ele mesmo.

– Tô!

– Vem cá! Temos visita.

– Logo na hora em que ia escrever – resmungou Alan.

Nem precisava que o pai anunciasse para que soubesse quem era. A nova namorada do pai. Alan teria que ficar na sala, conversando, fingindo ser um menino bonzinho e educado quando preferia estar isolado no próprio quarto. Nessas horas, Alan sentia-se sufocado, invadido, como se um tufão tivesse derrubado todas as paredes da casa, arrancando sua privacidade. Mas, como um relâmpago em noite de temporal, uma ideia iluminou a mente do rapaz. Gritou:

– Um minuto! Tô trocando de roupa.

Mais uma mentira. Queria pelo menos alguns segundos para digitar, para escrever, para não perder o início daquela inspiração.

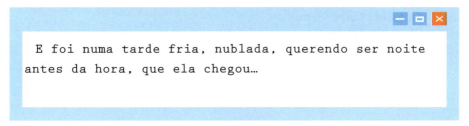

E foi numa tarde fria, nublada, querendo ser noite antes da hora, que ela chegou...

O SIGNO DOS QUATRO

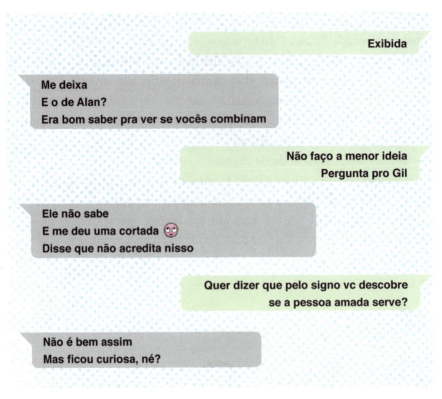

Duda teve de confessar para si mesma que sim. Para a amiga, apenas digitou:

E foi procurar. Primeiro, o perfil de Gil. Depois, o *banner* de divulgação do *podcast*. Como imaginara, Alan estava marcado. Abriu o perfil. Procurou, procurou...

Alan postava poucas fotos. Duda franziu o cenho. Quase 99,9% eram de livros. A única foto dele era a do perfil e uma outra em preto e branco. O rapaz era o oposto de Marjorie.

Seguiu a investigação. Encontrou uma postagem com a legenda: "Meu presente de aniversário". Era uma foto do box completo com a obra de Sherlock Holmes.

"Ele se deu um presente de aniversário? Não tinha ninguém para dar esse presente pra ele?"

Conferiu a data: 4 de janeiro.

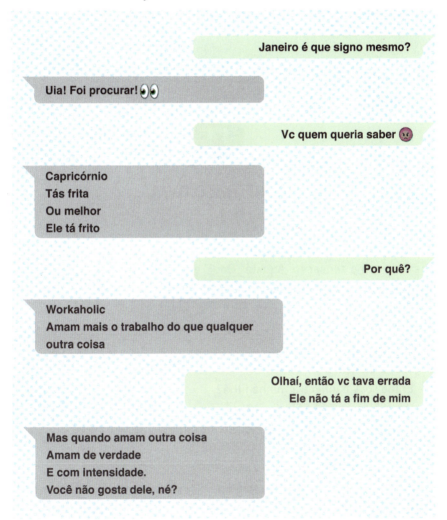

Melhor mudar o rumo da conversa.

> Vc vai para a festa de Halloween?

> Vc é especialista em mudar de assunto.
> Kkkkkkkkkkkkkk
> Vou. Já decidi até a fantasia.
> E vc vai de quê?

> Não faço a menor ideia.

Para Duda, essa resposta servia para as duas perguntas anteriores.

O RETRATO OVAL

– Oooi! Tudo bom?
Alan tinha se transformado em pedra quando entrou na sala. Pelo menos essa era a sensação. Aquele "Oooi" era conhecido. De quem? Tentou conter a expressão de surpresa ao encontrar a resposta.
– Tudo.
– Bem, filho, esta é Regina e agora estamos oficialmente namorando.
– Prazer. Além de uma madrasta, ganhei uma irmã – brincou Alan, sem segurar o comentário.
– Então você conhece a minha filha?
– Quem não conhece Marjorie?
– Mais de 10 mil seguidores – disse Alexandre.
– 11 mil – corrigiu Alan.
– Meio assustador, não?
– Também acho – confessou Regina. – Mas é o sonho dela. Dou o maior apoio. E Jojô sabe que pode contar comigo. Sempre fico de olho nos comentários. Apesar de também acontecerem umas situações chatas...

Mas vocês não são da mesma sala, né? – perguntou, voltando-se para o rapaz, e redirecionando o rumo do papo.

– Ela é da turma B. Sou da A.

Tanta menina naquela escola para ele ser *irmão*. Precisava ser logo da menina mais bonita? Do que será que iriam chamá-los quando descobrissem? *A Bela e a Fera?* E aquela pausa da mãe de Marjorie? Ela se referiu ao fato que ocorreu na semana passada? Alan continuaria sem saber.

O rapaz olhou ao redor. Na sala, um dos quadros da mãe. Apesar dos traços abstratos, era um autorretrato. Será que Regina pediria para retirá-lo?

Alan se lembrou do conto *O retrato oval*, de Poe. Na história, havia um quadro que era a própria vida da artista. Aquele era a própria lembrança da mãe. O pai contava que ela pintava enquanto ele brincava de desenhar deitado no chão. Como era muito pequeno, nem a recordação ficou. Só a história: ela trabalhava naquela pintura quando a químio não a debilitava muito.

Avós e tias tentaram suprir a falta. Nunca totalmente. Algumas madrastas se esforçaram também. Umas mais do que outras. Alan não tinha nada contra qualquer uma delas, não queria ser egoísta nem grosseiro, muito menos exigir o pai inteiro para si. Só não queria que uma delas ocupasse o lugar da mãe.

"Ah, como viver é difícil", pensava, quando sentiu um toque carinhoso no seu rosto. Estremeceu.

– Estão inflamadas – disse Regina, examinando as espinhas do rapaz.

Alan não gostou. Sentiu-se invadido.

– Você já levou ele no dermatologista?

– É coisa da idade. Já, já tá bom – respondeu Alexandre.

– Não, não – discordou Regina. – Quer dizer, é coisa da idade, sim. Mas ele não vai ficar bom "já, já", se não começar a cuidar logo. Você lembra um primo meu, Alan, e o tratamento dele foi bem sério. Fez exames e tudo para saber se podia usar certa medicação.

Apesar de tudo, Regina tinha razão. Talvez o pai precisasse ouvir alguém de fora para poder levá-lo ao médico. Aqueles sabonetes baratos de farmácia não iriam resolver.

O rapaz olhou para o espelho da sala. Se ele não tivesse aquelas espinhas, aquele rosto, para a festa de Halloween escolheria uma fantasia que não precisasse de máscara.

– Para não deixar cicatrizes é preciso cuidar hoje e não amanhã, viu, senhor Alexandre?

Alan riu com o "senhor Alexandre". E repetiu mentalmente a frase da nova madrasta, mas pensando em outras coisas além da própria pele.

A NOITE DAS BRUXAS

O mês de outubro passou voando.

Quando Duda se deu conta, já era o dia da festa de Halloween. A noite das bruxas.

– Eu não acredito que tô vindo pra essa festa e ainda por cima fantasiada – confessou a garota na recepção do colégio. – Tenho medo dessas coisas.

– Calma – pediu Marjorie. – E desfaz essa ruguinha de preocupação no meio da testa – acrescentou, esfregando o polegar entre as sobrancelhas da amiga.

– Nem gosto de Carnaval, papangu, essas coisas. Imagina uma festa com todo mundo de monstro? Espero não ter pesadelos à noite.

Duda ficava muito nervosa quando se falava em histórias de terror. Marjorie estancou ao lado da garota.

– Você sabe que quando quiser ir embora, a gente vai, né?
Duda assentiu.

– Não vou quebrar o combinado – continuou Marjorie. – Agora você também tem que fazer uma forcinha para enfrentar seus medos.

– "Ressignificar os traumas de infância" – disse Duda, recordando a psicóloga. – Com você fica mais fácil – e segurou as mãos da amiga. – Ou não. Você é uma bruxa!

– Você também!

As duas caíram na risada.

– Ei! Olha o time de basquete.

Entrando na quadra, o Quinteto Fantástico fantasiado de jogadores zumbis.

– Essa maquiagem é um horror – declarou Duda.

– Mas é só maquiagem. Somos todos adolescentes. Não precisa ter medo.

Ou não. À medida que adentrava pelos corredores decorados do colégio, ela só via monstros ao redor.

De repente, um vulto pulou diante das duas, que gritaram ao mesmo tempo. Uma capa se abriu como asas de morcego. Os dentes muitos brancos. Caninos afiados também. No canto da boca, uma marca de sangue. Ou melhor, qualquer coisa vermelha. Era Serginho, do 8º ano, o gaiato mais famoso do colégio. O garoto tirou os dentes postiços para falar:

– Não acredito que vocês se assustaram com isso.

– Sou medrosa mesmo. Assumo. Não tem pra que eu mentir. Morro de medo dessas coisas.

– Mas não tem motivo de ter medo – quem disse foi Alan, que se aproximou do trio com uma máscara pontiaguda no rosto. – Histórias de horror também podem ajudar a gente a superar nossos medos.

– Dizem que ajudam até a conhecermos mais a nós mesmos – acrescentou Gil, vestido de Fantasma da Ópera.

Duda reconhecera a voz e não soube o que dizer. Só pensou que, caso Alan, hipoteticamente, estivesse a fim dela, não daria certo de jeito nenhum. Já imaginou se ele a chamasse pra ver um filme desse tipo no cinema? Não, ele não podia estar a fim dela. E que máscara era aquela?

– Oi, maninho – brincou Marjorie.

– Oi, maninha – respondeu o rapaz.

– Ainda não tô acreditando nisso – confessou Gil.

– Eu também não acreditei quando minha mãe disse que tava namorando escondido – Marjorie voltou ao assunto. – Me senti a mãe e ela a filha da casa. Mas seu Alexandre é legal. Isso é o que importa.

– Sim – respondeu laconicamente o rapaz.

– Agora, quem que você tá querendo conquistar? – perguntou Serginho, rindo, abraçando os ombros de Gil.

– Pois é! – riu Marjorie. – Temos o nosso próprio fantasma da ópera.

– Ou "fantasma do colégio", se preferirem – sugeriu Gil, todo sedutor e fazendo uma reverência para Duda.

A garota procurou ver alguma reação por trás da máscara de Alan. Gil continuou:

– Respondendo à pergunta, com certeza, quero conquistar Lila, a professora de Português. Se eu não ficar no pódio do concurso de contos, espero levar algo no de fantasia.

– Também tô ansioso pelo resultado – revelou Alan. – Quero dizer, do de contos. Você tá uma bruxa bonita.

– Obrigada, maninho.

"Pelo visto, já estão se tornando mais próximos", pensou Duda ao ouvir Alan elogiando Marjorie assim, na frente de todos.

A garota observou a máscara do rapaz. Contudo, quando ia perguntar sobre o que era exatamente, foi interrompida.

– Olha, pessoal, Lila e Simone já passaram pra quadra – alertou Serginho. – Vai começar a festa!

O FANTASMA DA ÓPERA

O silêncio de Duda havia funcionado como um balde de gelo em Alan.

Quem respondera ao elogio fora Marjorie, contudo, não fora para ela o comentário. Ele ainda se acostumava com a ideia de ter uma irmã. Na prática, nada mudara efetivamente. O sentimento por Duda, como uma ave sem pressa de ir embora, fez ninho e ficou.

Entretanto, ela não demonstrava nenhum sinal de interesse no rapaz. Todos os sorrisos dela eram para Gil. Precisava pensar em outra coisa. Porém, no momento, a presença de duas bruxas e do fantasma da ópera não permitia. Aliás, Alan deveria ter escolhido uma roupa bacana assim, bem mais sugestiva do que a que ele estava vestindo. Provavelmente ninguém entendera direito.

– Boa noite, meus monstrinhos e minhas monstrinhas! – iniciou Lila no palco improvisado sobre a quadra. – Preparados para muitas gostosuras e travessuras?

– Espero que se divirtam muito nesta nossa noite de Halloween promovida pelo Clube do Livro e pelo Clube de Conversação em Inglês – acrescentou Simone. – Organizamos tudo com muito carinho para que vocês se divirtam bastante!

– Quero agradecer o número de contos enviados para o concurso. Mais de cinquenta textos para corrigir, um mais assustador e aterrorizante do que o outro. Fiquei até com medo. Ui! E vocês querem o resultado... antes da festa?!

– Sim, sim! – pulou Serginho, embora não tivesse concorrido. – Tô torcendo por você, viu, Alan? O representante do nosso Clube do Livro tem que levar essa.

– Já podemos? – perguntou Lila para Simone, aumentando o suspense.

– Eles estão muito ansiosos! Vamos!

O coração de Alan batia acelerado. Ele queria muito o primeiro lugar. Trabalhou arduamente no seu texto para isso. Agora se contentava com qualquer lugar no pódio. Ou até mesmo uma menção honrosa. O importante era se destacar nem que fosse um pouquinho.

A professora de Português foi anunciando o quinto, o quarto, o terceiro e o segundo lugar. Nem o nome de Alan nem o de Gil foram pronunciados. Alan teve medo de que não estivesse entre os premiados. Havia ainda uma pequena esperança. Minúscula. Mas persistente.

– E o primeiro lugar... – começou Simone.

– Foi difícil – suspirou Lila. – Muito difícil.

Alan apertou os dentes.

– É você! É você! É você! – repetia Serginho com os dentes de vampiro na mão.

Lila anunciou:

– O primeiro lugar vai para Gil Queirós, do 9º ano B.

As bruxas comemoraram ao lado do fantasma da ópera e um corvo saiu voando mais rápido do que o amigo morcego pôde acompanhar.

O CORVO

Duda se aproximou de Alan, que estava sentado num dos bancos do pequeno jardim ao lado da quadra, e disse:

– Você deveria estar no pódio.

– Valeu – foi só o que ele respondeu. Na voz, a garota identificou a tristeza, a ausência do sonho. – Parabéns pra você também. Gil contou que você foi a musa inspiradora dele.

– Talvez sim. Foi algo de uma conversa da gente, nada demais. Ele não te mostrou o conto?

– Não.

Duda pensava que os dois eram mais amigos do que, de fato, pareciam nessa hora.

– Também não mostrei o meu. A gente tava competindo, né?

– O importante é competir – ela disse.

– É o que dizem – a concordância não repetiu o mesmo entusiasmo.

A luz difusa da decoração propositalmente mal iluminada dava à cena um ar gótico. Alan, sob a máscara, inspirava mistério. Um rapaz de certa forma próximo e ao mesmo tempo desconhecido para a garota.

Duda achou melhor ir embora. Deixá-lo sozinho. Provavelmente, estava chateado. Não demonstrava qualquer sinal de animação. Talvez quisesse curtir sua chateação sozinho. E se não queria comemorar o título do amigo, colega, sei lá, problema dele. Duda não gastaria sua simpatia à toa. Quis se afastar. Mas algo a prendia ali. Como se um fio invisível os ligasse. Uma teia feita por uma aranha maliciosa naqueles minutos de distração. Uma afinidade ainda desconhecida.

Alan era muito sério e, pelo visto, levava tudo muito a sério também. Duda vinha buscando a leveza que a ansiedade lhe roubava. Aprendera nos meses anteriores que era impossível controlar todas as coisas. Até o amor.

– O elogio foi pra você – Alan disse quando ela tinha resolvido de vez se afastar.

– Hum? – ela fez, surpresa.

– Quando falei da fantasia. O elogio não foi pra Marjorie, mas pra você.

– Obrigada – respondeu Duda, sentindo o rosto queimar. O cenário escuro, não deixaria que ele percebesse. – Gostei da sua máscara. Qual é o pássaro?

– Um corvo.

– Ah...

– Acho que ninguém entendeu por que tô com ela.

– É um poema do Edgar Allan Poe, né?

– Isso. Você conhece?

– Quando saiu o concurso, até pensei em escrever algo. Pesquisei umas coisas. Mas desisti. Não gosto muito de livros de mistério, suspense, horror, terror.

Duda se arrependeu do que falara. Não foi legal.

– Você gosta muito, né? Vi umas fotos que você postou.

Duda se arrependeu de novo. Alan saberia agora que ela andara fuçando as postagens dele. Algo bem comprometedor. Se bem que ele não postava muita coisa.

– É isso mesmo – ele confirmou. – Quer ver?

– Ai... – fez Duda, esquecendo-se de pegar a máscara.

– Pois é. As espinhas tão inflamadas.

Duda notou uma leve irritação na voz de Alan. Algumas semanas antes, a garota já tinha reparado numa espinha no lado esquerdo do nariz dele. Agora, nascera outra do lado direito. Na testa, destacavam-se mais algumas.

– Foi por isso que escolheu essa máscara?

– Pois é... Não tem o charme do fantasma da ópera, mas pelo menos esconde a minha cara.

A BELA E A FERA

– Por que você fala assim? Isso é muito cruel.

Alan queria concordar com Duda. Mas como lidar com duas derrotas ao mesmo tempo? E, para o rapaz, ela não quisera pegar a máscara para não se contaminar, para não *pegar* as espinhas dele. Tinha começado o tratamento, mas, como a dermatologista alertara, nos primeiros dias poderia piorar um pouco. Dito e feito. O problema era ter paciência.

– As pessoas só veem as minhas espinhas. Parece até que sou só isso agora.

– Você tá exagerando.

– Ei, urubu! Coloca essa máscara! Vai assustar a garota com essa tua cara!

Quem disse isso foi Anthony, um dos malas do 9º ano A. Ele passou ao lado dos seus colegas inseparáveis, Breno e Caio. Ainda não estavam fantasiados. Ao voltar o olhar para Duda, ela ria.

– Até você, né?

E a máscara retornou ao rosto furioso de Alan.

– Hã? – exasperou-se Duda. – Espera, espera! Eu não tava rindo de você!

– De quem, então? – Alan perguntou mais alto do que imaginara.

E notou que assustara a garota. Ela hesitou antes de justificar:

– Achei engraçado eles confundirem um corvo com um urubu. Não tem nem lógica. São dois...

– Pois eu não achei a menor graça.

– Espera! Você tá certo. Desculpa. Mas não precisa ficar assim...

– Como você quer que eu fique? Se tudo o que quero me foge da mão, como um pássaro?

– Como assim?

– Não sou bom o suficiente para escrever um conto que preste e que ganhe o concurso da escola. Vou fazer um tratamento e minha cara piora. Ninguém se interessa por mim. Tudo dá errado na minha vida! Como você quer que eu reaja?

– Sua autoestima tá um lixo.

– Eu sou um lixo. E, se você ainda não percebeu, sou pior do que isso, bruxinha. Sou um monstro! Por isso ninguém gosta de mim!

– Agora você tá se comportando *mesmo* como se fosse um monstro, falando dessa maneira. Não tem como gostar de alguém que não se gosta.

– Você tem... razão. – A voz de Alan embargou e um facho de luz revelou os olhos dele se enchendo de dor. O rapaz se afastou o mais rápido que pôde para não chorar na frente de Duda.

NOITE SEM FIM

Alan estava preso num círculo vicioso.

E a conversa, que poderia ter sido boa, foi péssima. Não adiantava ir atrás dele agora. Apesar da grosseria, Duda não podia deixá-lo sozinho. Mais sozinho do que ele já se sentia. Era melhor chamar Gil, Marjorie ou Serginho para ajudar.

Correu em direção à cantina. Viu um vulto preto de costas. Tocou no ombro. Ele se voltou.

Era a Morte.

Com máscara e foice, a personagem inclinou o pescoço lentamente para o lado e começou a se aproximar da garota.

Duda recuou um passo. A foice foi se erguendo em direção à garota para o golpe fatal.

– Anthony tá assustador, velho! – disse alguém ao redor.

Era só uma brincadeira, era só uma fantasia. Mas tão realista, tão assustadora quanto aquele trauma da infância.

Ela no topo da escada.
Vestida de Branca de Neve.
Aos 5 anos de idade.
E alguém, no baile de Carnaval do colégio, com roupa preta, foice e máscara do Pânico.
Em silêncio, a falsa Morte se aproximando dela.
E a garotinha calada, com medo, começando a chorar.
Depois, tendo pesadelos durante uma semana inteira.

Aquilo não foi só brincadeira. Foi gatilho para gerar ansiedade e sofrimento. Agora de novo. A mesma cena, crescendo contra ela, se repetindo, talvez ainda mais assustadora. A garota desejou desaparecer dali.

Foi quando o coração ribombou.

– Não! – Ela ainda gemeu, tentando evitar.

Em vão.

A crise já se instalava. Rápida como só ela sabia ser. Feito assalto, cilada, emboscada. Logo pensou no coração. Na pressão. Na cabeça latejando. Em tudo de ruim que poderia acontecer. Ao redor, sinistras criaturas fantásticas. A Morte dançando divertida.

– Duda! – gritou Marjorie, ao lado de Gil, correndo para a amiga.

A garota não conseguiu dizer mais nada.

– Você tá pálida – disse a amiga.

– Segura ela que vou chamar alguém – pediu Gil.

– Tenta respirar, Duda. Tenta respirar.

Naquele momento, Duda via tudo ao mesmo tempo veloz e em câmera lenta. Não se importou com as pessoas se aglomerando para ver o que ocorria. Ela não sentiu vergonha de pedir ajuda.

– O que você tá sentindo? – Agora era a professora Lila quem perguntava. – Você consegue dizer algo?

– Por favor, me leva pro hospital. Não me deixa morrer!

FRANKENSTEIN

Assim que chegou em casa, Alan atravessou a sala e, ao passar pela porta do quarto do pai, que estava aberta e com a luz acesa, avisou:

– Cheguei.

E entrou no banheiro.

Com raiva.

Muita raiva.

E vergonha.

Muita vergonha.

Jogou a máscara no balcão da pia.

Encarou os próprios olhos do outro lado do espelho. As lágrimas secaram sem direito de carregar para fora o sofrimento. Arrependeu-se de aprisionar os sentimentos naquele calabouço, o próprio corpo. Não era justo com ele segurar tanta tristeza. Quis chorar e não conseguiu. A dor presa.

– Sou um monstro!!! – xingou entredentes o reflexo no espelho.

A cena se repetia na sua cabeça.

As palavras.

A vontade de ir embora.

O alívio de chegar em casa.

E a raiva pelo que não dissera. E a vergonha por não saber se defender das gracinhas que ouvia. E o não querer ser quem era.

A cara.

A testa.

As espinhas.

Sem pensar nas cicatrizes, nas consequências, nas recomendações médicas, começou a estourá-las com força, apertando os dentes para aguentar a dor, ora expelindo as secreções, ora ferindo a pele.

Dois minutos depois, viu se desprender de um dos filetes uma gota de sangue que escorreria até o queixo.

Pelo menos, uma lágrima.

OS 13 ENIGMAS

– Quando vou ficar curada?

– Depende do que você entende por cura.

A resposta da psicóloga Anuska não ajudou muito Duda.

– Como assim?

– Cada paciente vai reagir de um jeito ao tratamento. Não há regras ou receitas prontas. Inúmeros fatores podem interferir. Mas o principal é querer ficar bem.

– Queria nunca mais sentir medo – confessou a garota.

Anuska sorriu, paciente e amável. Duda apertou os lábios, contendo o próprio sorriso. Ainda se lembrava da primeira consulta, da timidez, de não gostar nem um pouco daquela situação. Parecia que tudo que dissesse seria usado contra ela. E que, a qualquer momento, ela seria enviada para o hospício. Diagnóstico: louca. Pouco a pouco, porém, a garota foi conseguindo se abrir para a psicóloga, ganhando confiança e contando suas histórias, seus medos, sua infância.

– Sei que é impossível evitar o medo – quem quebrou o silêncio foi a própria Duda. – Faz parte da gente, é natural, como você disse. E é até necessário em alguns momentos. Agora, a síndrome do pânico... Como faço para controlar?

– Não acho que *controlar* seja a melhor palavra. Da mesma forma que você entendeu que ninguém fica doente de uma hora pra outra, a cura também não vai chegar assim.

– Essas recaídas acabam com as minhas esperanças.

– Você se lembra do que falei sobre as recaídas?

Duda fez que sim com a cabeça.

– Vamos analisar o contexto. Uma crise assim, em meio a uma festa à fantasia, de Halloween, que faz lembrar de coisas que assustaram você no passado. Aliás, foi até uma fantasia idêntica.

– Como posso ter medo de algo que a maioria das pessoas não tem?

– Todo mundo tem os seus medos. Às vezes, eles são diferentes. A intensidade talvez não. O cérebro humano ainda possui um monte de enigmas a decifrar.

– Me sinto uma criança quando essas coisas acontecem.

– Você não é mais criança. Mesmo que não perceba, está crescendo, amadurecendo. Esqueceu o medicamento? Infelizmente, essas coisas acontecem. Não é para remoer ou se punir. Quando for enfrentar momentos assim, é bom ficar mais atenta. Mas tem algo que ajuda e muito nesse processo todo.

– O quê?

– Você *desejar* ficar boa. De verdade. Como disse, isso é o principal. E você tem a mim, o psiquiatra, seus pais, seus amigos, Marjorie e Gil... Todo o apoio do mundo.

Após uma pausa, a psicóloga indagou:

– E Alan? Já pensou no que vai fazer?

A ILHA DO TESOURO

– Eita! – fez Gil. – Você espremeu as espinhas do seu rosto?!

– Me deixa! – pediu Alan com rispidez.

Manchas vermelhas se destacavam na face. Algumas espinhas inflamadas e outras marcas de lesões. O rapaz já previa a bronca que levaria da dermatologista na próxima consulta. Se ele não tivesse agido na hora da raiva, não tentaria esconder ainda mais a cara.

Ao entrar na sala, Alan esbarrou com Anthony, Breno e Caio. Desde o início do ano, trocaram, no máximo, quatro ou cinco frases sobre qualquer assunto aleatório ou o conteúdo de alguma prova. Nada que diminuísse ou aumentasse a antipatia que o aspirante a escritor nutria pelo trio. Alan nunca fora com a cara deles.

– Ei, Alan – disse Anthony se aproximando. – Sei de um remédio pra acabar com isso aí na sua cara.

Alan optou por não responder. Entretanto, não teve como não ouvir a frase seguinte.

– Passa um absorvente – recomendou Anthony com malícia. – Você vai ficar bom logo, logo.

Os três se afastaram às gargalhadas.

Alan sentou-se. Detestava a própria sala. Não gostava de ninguém dali. Agora não sabia se seria pior estar na turma B, ao lado da blogueirinha-irmã, do gênio escritor e da princesa que virou bruxa.

Ah, como aquela manhã estava insuportável! Tudo o que mais queria nessa hora era o Clube do Livro. Era a sua ilha do tesouro em meio àquele mar revolto na tempestade chamada colégio.

A sala 4, ao meio-dia, nas quartas-feiras, era o seu lugar. O espaço do livro e da leitura. Ali ria com as brincadeiras de Serginho e as bravezas de Gabriela. Ora concordava, ora discordava das escolhas literárias de cada mês. Um jovem que sonhava ser escritor não poderia achar outro lugar melhor no mundo. O Clube era sua praia, seu universo. Os livros, seus amigos. A literatura, seu refúgio.

No entanto, teve de confessar que não aprendera nada com a leitura de *O médico e o monstro*. Ou melhor, não queria aceitar que a leitura abrira seus olhos para ver melhor o mundo. E ele mesmo.

No encontro da quarta passada, a professora Lila discutiu sobre o lado bom e o lado mau de cada um. A trama em que um médico consegue extrair uma criatura maléfica de dentro de si mesmo, metaforizando que todos são ambíguos e contraditórios, deixava uma reflexão. É preciso ficar de olho na parte ruim da gente para que os instintos não dominem nos momentos de raiva. Ou mágoa.

Ele lera o livro. Ele concordara com isso. Mesmo assim, fora um monstro com Duda. Ele era um péssimo escritor. Um mau leitor. Um horror de adolescente.

O ALIENISTA

Sem fazer qualquer som, Duda brincava de bater os pés alternadamente no chão. Não notou quando começara, contudo reconheceu a ansiedade latente naquele simples gesto. Levantou a cabeça. O professor Roberto instalava o *data show*. A garota olhava, mas não acompanhava os movimentos do professor de Língua Portuguesa. A visão ali, a mente longe.

Na cabeça, relembrava o casal que vira de mãos dadas na entrada do colégio: Letícia e Makoto. Letícia, a menina que levou um susto do próprio coração. Mas agora tudo estava em ordem, tudo estava bem, como se nada tivesse acontecido. Duda respirou fundo. Ela era a menina que tinha a cabeça que dava sustos. Sustos tão bem dados que o corpo inteiro acreditava que era real. Mas agora tudo estava em ordem, tudo estava bem, como se nada... Não. Será que ela sentiria aquilo tudo novamente? E o receio de que a qualquer momento a própria cabeça fosse aprontar de novo, convencê-la do contrário, do que na verdade não acontecia, mas que sentia como se fosse real? Como seria bom nunca mais sentir medo... Não ter medo de absolutamente nada. Mas seria bom mesmo nunca mais sentir medo? Não seria perigoso?

O medo de ter medo.

O medo de não ter medo.

As duas coisas assustavam a garota.

Duda precisava conversar com Alan. Tudo o que ocorrera fora um mal-entendido. A fera ferida ferira. Isso, é claro, não dispensava um pedido de desculpas da parte dele.

– Duda?

– Oi, professor. Tava distraída – desculpou-se a garota se ajeitando na cadeira.

– Eu percebi – sorriu Roberto. – Mas vamos lá! Todo mundo prestando atenção. Estamos em novembro e a nossa quarta leitura do ano é o livro *O alienista*, de Machado de Assis. Além disso, como já sabem, nossa Feira de Conhecimentos se aproxima e sou o professor responsável por vocês. Por isso, pensei que podíamos montar um estande bem legal unindo ciência e literatura. O tema deste ano é "Ser adolescente no século XXI". Podemos falar então sobre saúde mental, transtornos mentais, e discutir até mesmo os limites entre sanidade e loucura, o que é normal ou não, inspirados na leitura do livro.

A turma concordou, fazendo algumas sugestões.

– Este mês vai ser puxado – sussurrou Gil para Duda e Marjorie. – Viagem pra Fortaleza na semana que vem e Feira de Conhecimentos no dia 30.

– Vou tirar tanta foto em Fortaleza que vai faltar memória no celular para registrar a feira – brincou Marjorie.

– Não tô muito animada – confessou Duda.

– Pra viagem ou pra feira? – quis confirmar Gil.

– Os dois.

– Com esse tema, a feira vai ser massa. Vou falar com Micheline pra ver se ela empresta aquele cérebro que ela trouxe pra aula de Ciências outro dia. Já coloquei na minha cabeça que vou ser psiquiatra mesmo e quero estudar o máximo que puder o cérebro humano para ajudar as pessoas – e sorriu cúmplice para Duda.

– Prepare-se – ela disse.

– Pra quê?

– Pra desvendar um milhão de mistérios! – enfatizou a amiga.

– Interessante a conversa de vocês – disse o professor Roberto, dando, propositalmente, um susto nos três.

– Desculpa, professor – pediu Gil.

– Psiquiatra, certo?

– Sim – afirmou o garoto com segurança.

– Sabia que "alienista" era a designação para os psiquiatras do século XIX? E que Simão Bacamarte, o médico dessa história, é um dos grandes personagens do nosso gênio Machado de Assis?

– Foi ele quem escreveu *Dom Casmurro*, né? – perguntou Marjorie para fingir que não estava tão dispersa assim. – Bentinho, Capitu, aquela treta toda.

– Isso! Garotos espertos... Vou projetar algumas perguntas no quadro para ver se vocês estão afiados mesmo.

Assim que o professor se afastou, Gil voltou a falar:

– Sobre a viagem, você deveria aproveitar. Ela é cara, né? Muitos colegas da gente gostariam de ir e não vão poder. Eu mesmo tive que economizar um bocado pra ajudar meus pais a pagarem as parcelas.

– Você tem razão – concordou a amiga. Estudar nesta escola e poder participar de todas as atividades realmente é um privilégio. Mas e o medo?

– Por que você não quer ir mais pra Fortaleza?

– Tô com receio de ter uma nova crise lá. Ou no meio do voo.

– A gente tá junto, não tá? – Gil pegou na mão de Duda e olhou firme nos olhos da garota. – Vamos cuidar um do outro sempre, combinado?

Duda fez que sim.

– Primeira pergunta – anunciou o professor. – Será que somos normais por sermos todos ao mesmo tempo um tantinho desarranjados do juízo?

OS CRIMES ABC

Alan ouviu a mesma pergunta que foi feita no 9º ano A, mas deixou que os colegas respondessem.

Escreveu, em seguida, o título do livro no caderno, circulou e, em maiúsculas, acima: COMPRAR! O nome do autor não era estranho para o rapaz. Machado de Assis tinha traduzido *O corvo*, de Edgar Allan Poe, o poema que inspirara sua fantasia no Halloween. Ou melhor, sua máscara. A máscara que ele usara para esconder as espinhas. A máscara que usara na festa. Na festa em que brigou com Duda.

– Bom dia, pessoal! – Ainda bem que a coordenadora Heloísa entrou na sala bem naquele momento, ajudando o rapaz a não ficar remoendo as lembranças daquela noite inesquecível. No pior sentido.

A turma respondeu com o desânimo habitual.

– Tratem de recarregar essas baterias que o mês de novembro vai ser muito corrido. Além do livro que o professor Roberto está indicando, teremos a Feira de Conhecimentos e, é lógico, a nossa viagem!

Quando ouviram essa última palavra, os alunos se empolgaram.

Menos Alan.

Para ele tanto fazia. Apesar de sol, praia e mar, Fortaleza não era bem o que ele queria no momento. Mas talvez fosse justamente do que precisava. Por que a viagem não poderia significar outra ilha, como um paraíso ensolarado em meio àqueles dias nublados? Pensando em nuvens, havia um problema. Alan nunca viajara de avião. Isso dava um friozinho na barriga. E vinha aumentando à proporção que o dia da viagem se aproximava. Aliás, havia outro problema.

– Como ficou a divisão dos quartos? – perguntou o rapaz.

– Foi bom você ter perguntado. Já separamos as duplas. E, por incrível que pareça, mesmo excluindo quem não vai, ficamos com um número ímpar de meninos, tanto na turma A quanto na turma B.

Alan olhou discretamente para o trio no fundão. Torcia para não ter de dividir o quarto com um deles.

– Aí, tive uma ideia que acho que você vai gostar.

– Eu? – quis saber o rapaz estranhando o comentário. – Qual?

– Lembrei do *podcast* que você e Gil estão apresentando. Coloquei, então, os dois juntos. Imagino que não tenha problemas.

– Tranquilo – respondeu Alan, que, na realidade, queria dizer outra coisa.

Não sabia se queria continuar com o *podcast*. Até evitou o colega no intervalo. Ele e Duda pareciam mais próximos do que nunca. Diferentemente de Alan, Gil se mostrava muito seguro. Talvez, por isso, a Branca de Neve do 9º ano B se interessasse mais pelo outro que por ele. Porém, em relação à viagem, dos males, o menor. Antes Gil que Anthony, Breno ou Caio.

Foi só a coordenadora sair para os três lançarem para Alan um olhar maldoso e cheio de gracinhas. De costas, anotando alguns pontos sobre a vida de Machado de Assis no quadro, o professor não viu. O trio sabia quando fazer as brincadeiras sem ser pego. Anthony era o mais empolgado na tiração de onda. Alan apertou os dentes. Até que sorriu. E chamou:

– Ô, professor!

Eles pararam. Roberto se voltou.

– O que foi?

– Anthony tá querendo ir ao banheiro, mas tá com vergonha de pedir.

– Pode ir, Anthony – autorizou o professor e voltou a escrever no quadro.

O garoto saiu fuzilando Alan com os olhos. O rapaz nem ligou. Estava cansado de tudo aquilo.

UMA SENHORA

– Já levaram todos os livros – disse Marjorie para Duda.

– É *O alienista*? – perguntou Cora, a bibliotecária, se aproximando.

– Sim, sim.

– Todos os exemplares que a gente tinha já foram emprestados.

– Ah, que chato – resmungou Marjorie.

– Baixei o *e-book* – avisou Duda, mostrando o celular.

– Só não pode baixar *e-book* pirata, viu? – alertou Cora.

– Não. Não – Duda levantou as mãos como se fosse ser revistada. – Domínio público. Texto integral.

– Muito bem. E obras que ainda não caíram em domínio público devem ser compradas porque remuneram o autor pelo trabalho de criação artística. Cópia não é democracia, é pirataria. Isso se aplica ao PDF distribuído ilegalmente também.

– Sim, senhora – concordou Duda.

– Você prefere livro digital ou físico? – perguntou Marjorie ainda procurando inutilmente algum exemplar perdido pelas prateleiras.

– Eu leio de todo jeito – disse Cora. – Livro físico, digital, no celular, no *tablet*, no computador. O importante é ler. Muito e de tudo.

– Não gosto de ler no celular. Prefiro o livro físico – disse a garota.

– Cora, me ajuda aqui – pediu uma aluna à bibliotecária.

– Com licença, meninas.

– Você é muito contraditória – disse Duda para a amiga.

– Eu? Por quê?

– Ora, ora! Uma blogueirinha que curte Machado de Assis e prefere ler livro físico?

– Vamos desconstruir os estereótipos, amiga?

Duda riu.

– Tô falando sério – Marjorie prosseguiu. – Aqui é beleza e conteúdo. Tudo junto. Sem falar que um dos contos de que eu mais gosto de Machado de Assis é *Uma senhora*, daquele livro que você me deu.

– Qual é a história?

– Sobre uma mulher que não quer envelhecer de jeito nenhum. Ela só gosta da ideia de ter um neto quando, ao sair com ele, o povo acha que é filho dela.

– Uia!

– Machado é gênio, jogando na cara da gente as nossas futilidades, nossas fraquezas, nossos medos.

Duda encostou numa prateleira. Filosofou:

– Seria bom viver para sempre?

– Sem ficar velha?

– Sem morrer.

– Você tem medo?

– Demais.

– Pior seria não viver?

– Até disso eu tenho medo.

– De não viver?

– De viver.

Marjorie ficou sem resposta por um segundo. Depois, soltou:

– Tenso. E meio filosófico.

– Ansiedade tem dessas coisas.

– Não sei nem o que dizer.

– Sua companhia já ajuda.

– Amigos estão aí pra não soltar a mão, né?

– Hum-hum.

– Tem mais alguma coisinha nessa cabecinha aí... – insinuou Marjorie.

– Ainda tô pensando na briga com Alan.

– Ele sumiu hoje.

– Foi.

– Acho que ele é quem deve procurar você. Mas dá um tempo. O tempo resolve tudo.

Duda teve dúvidas.

– Ou ajuda a gente a resolver. Vem, *simbora* pra casa – chamou a amiga.

– Preciso ver se eu tenho roupa que preste pra viagem de Fortaleza.

– Nono ano chegando ao fim. Ano que vem Ensino Médio e depois universidade.

– Tenta não pensar muito no futuro e vive o presente também, né? Pensa que a viagem vai ser incrível! E que você vai voltar com um bronze sensacional!

– Eu, hein? Vou caprichar no protetor solar, isso sim. Branquela irei, branquela voltarei.

– Mas já separou o biquíni vermelho?

Ruborizada, Duda respondeu:

– Nunca! Sou tímida. Vá você. Vou de burca!

RAPTADO

O tempo passou voando e o dia da viagem chegou!

No aeroporto, os alunos aguardavam enquanto o pessoal do colégio organizava os detalhes para o embarque. O sistema de ar-condicionado trabalhava a todo vapor. Por consequência, Alan não sabia se o frio que sentia vinha dessa potência toda ou do próprio medo.

Na véspera, à noite, o pai, abraçado a Regina no sofá, soltara uma gracinha.

– Não vai ficar com medo e pedir parada no meio do voo, hein? Avião não é ônibus.

Na hora, achara o comentário o mais desnecessário e sem graça do mundo. Marjorie, que também estava presente, até revirou os olhos. Regina balançou a cabeça recriminando a brincadeira sem graça do namorado. Alexandre ainda tinha muito o que aprender, ela dissera. E Alan concordou.

Nesses minutos, perto de voar, o filho, ao relembrar a frase do pai, ficava cada vez mais com medo. Ninguém sabe a força muitas vezes negativa das palavras.

A coordenadora Heloísa começou a distribuir algo. Alan se aproximou. Eram chicletes.

– Não se esqueçam de mascar durante a decolagem por conta da pressão nos ouvidos.

Alan pegou logo dois. E, ao se voltar, esbarrou em Duda. Fazia duas semanas que não se falavam.

– Não vamos conversar? – ela perguntou.

O frio na barriga se intensificou e ele não respondeu. Além dessa questão pendente, Alan tinha ainda mais preocupações no momento. A decolagem. O voo. O pouso.

– Tudo bem. Já deixei pra lá. Só não precisa ficar fugindo de mim ou evitando Gil. O projeto de vocês é muito bacana e não pode parar.

Alan passara esses dias dando desculpas educadas e esfarrapadas para o colega, e nenhum episódio novo foi gravado. Será que Duda havia percebido o que ele sentia por ela? Tinha vontade de dizer alguma coisa, qualquer coisa, mas não saía nada.

– Ei! – Duda acenou. – Você tá nervoso?

– *Simbora* formar a fila para embarcar, pessoal! – comandou Lila, que fora escalada para a equipe de apoio da viagem.

A ansiedade de Alan dilatou. Qualquer coisa que quisesse verbalizar não seria possível. A barriga havia se transformado num buraco negro, sugando todo o seu universo vocabular. Como se o rapaz tivesse sido raptado e amordaçado por um monstro. O medo.

Negou balançando a cabeça.

Duda deu dois passos na direção dele. Diferentemente do que vinha sentindo até aquele momento, Alan ficou com calor. Os olhos dela brilhavam de um jeito diferente, como se sorrissem ou compreendessem. O perfume da garota ali, na sua frente, envolveu-o por completo, como um abraço. De repente, a impressão de que ela estava ainda mais linda. Muito além da beleza exterior. Era algo mais, um não sei o quê, que ele não conseguia explicar.

– Sei bem o que é isso. A respiração fica pesada. As palavras somem mesmo a mente dando 10 mil voltas pensando a mesma coisa. Mas faz que nem eu.

– Como? – quis saber Alan.

– Mesmo pensando que vai dar errado, tenta acreditar que vai dar tudo certo.

Aquilo era empatia.

Ele assentiu. Heloísa chamou os alunos novamente. Os dois seguiram para a fila de embarque.

Alan estancou no caminho. Duda quase trombou nele. O rapaz murmurou timidamente um "obrigado". Porém, foi tão baixinho que ele teve a impressão de nem ouvir a si mesmo. Quis acrescentar um pedido de desculpa. Só que teve medo de que aquilo funcionasse como uma despedida e que algo de ruim acontecesse com ele.

Duda sorriu. Dessa vez, com a boca e com os olhos. Alan teve certeza de que ela o havia entendido melhor até do que ele mesmo.

Pouco depois, sentados na mesma fileira, mas em lados opostos da aeronave, os dois adolescentes escutaram o piloto:

– Decolagem autorizada.

Alan viu Duda apertando fortemente a mão direita de Gil e a esquerda de Marjorie. A garota procurava controlar a respiração. Ela também estava com medo. Mesmo assim, piscou de modo cúmplice para o rapaz. Ele se surpreendeu. E, endireitando-se na poltrona, mesmo sem dar as mãos para ninguém, Alan soube que não estava mais sozinho.

A MÃO E A LUVA

O longo suspiro que Alan deu fez Duda rir e, inspirando o máximo que pôde, ela repetiu o gesto do rapaz. A viagem de avião foi tranquila.

Ao lado da garota, Gil movimentou a mão recém-largada e balançou-a, enquanto fazia uma careta, fingindo dor:

– Nossa! Como você é medrosa – ele riu.

– Ah, sou mesmo e não nego. Sou medrosa e pronto – confirmou Duda mais para Alan ouvir que para o amigo. – Todo mundo tem seus medos.

– E suas forças – acrescentou Gil.

Alan retirou a vista. Duda não disse mais nada. Todos se levantaram para o desembarque.

– Vocês precisam relaxar mais – asseverou Marjorie, espreguiçando-se. – Se não fosse Duda apertando minha mão, tinha até tirado um cochilo.

Duda pensou em dizer que queria ser como a amiga. Nesse instante, o piloto avisou que as portas estavam destravadas. Foi melhor assim. Fez a garota segurar o comentário. Beleza, riqueza e sucesso eram coisas que pareciam fazer parte do dia a dia de Marjorie, porém Duda sabia que não era bem assim. As aparências enganam. A vida real não é perfeita como uma *selfie*.

Os quatro entraram na fila para sair da aeronave. Enquanto esperavam, Duda foi logo mandando uma mensagem para a mãe e para a psicóloga:

> Tudo tranquilo.
> Viva e inteira!
> Agora é só aproveitar!

– Maninho, você quer ser meu fotógrafo oficial? – perguntou Marjorie, tentando quebrar o gelo que ainda existia entre eles. – Quero tirar um montão de fotos pra postar até o ano que vem!

– Não sou muito bom em foto.

– Deixa que eu te ajudo, Jojô – ofereceu-se Gil.

Duda estranhou o alívio que sentiu com a recusa de Alan. Ela não tinha gostado do pedido exclusivo da amiga. Estranho... não havia motivo para isso. Ou havia? Duda começava a ficar confusa.

Logo desembarcaram, pegaram as malas na demorada esteira e subiram no ônibus rumo ao hotel onde ficariam hospedados. Duda se sentou ao lado de Marjorie. Alan, ao lado de Gil. Após sorrir para uma *selfie* com a amiga, Duda lançou um olhar ao redor, observando os colegas de escola. A maioria já mexia nos celulares, tirava fotos, gravava vídeos, atualizava as redes sociais. Menos Alan, que acompanhava a paisagem pela janela.

A expressão séria, as espinhas... Pareciam um pouco melhores. Assim como ela, ele também tinha seus medos, suas inseguranças. Alan franziu a testa, como se percebesse que alguém o observava. Duda virou o rosto antes que ele se voltasse.

O coração levemente acelerado. Esperava que ele não tivesse percebido. Sentiu-se boba, feito uma criança. O corpo quente, o que certamente não tinha nenhuma relação com o calor de Fortaleza. As mãos aquecidas como se usasse luvas. Dentro da barriga, uma sensação diferente. Surpreendeu-se ao gostar disso.

CHAPEUZINHO VERMELHO

Alan ainda estava com vergonha do papelão que tinha feito. Ou que, pelo menos, achava que tinha feito. Durante o voo, apertara os dentes, inspirara e expirara diversas vezes tentando controlar os medos, fechando os olhos toda vez que a aeronave fazia algum movimento. Até os mais sutis. Se Duda notou, com certeza o considerava agora um garoto frouxo, medroso, desinteressante. No entanto, a frase dela ainda ecoava em sua cabeça como um sinal de esperança.

– Todo mundo tem seus medos.

Duda tinha razão. E viajar de avião não era a única coisa que Alan temia. Por que ele não conseguia vencer essa timidez que tomava conta dele o tempo todo? Por que não chegava junto de Duda para conversar a valer, deixando claro que estava a fim dela e ver no que dava?

– Tô pronto – avisou Gil, saindo do banheiro.

Todos já estavam em seus quartos para guardar as malas e se arrumando para ir ao parque aquático. Alan pensou nas brincadeiras que poderiam rolar por ele dividir quarto com Gil. Seriam todas do trio terrível, óbvio. O rapaz estava cansado daquilo. Que pensassem o que quisessem. A opinião de quem pouco importa não deveria importar tanto. Sem falar que havia Duda. Gil e Duda. Então, Alan respondeu quando provavelmente o colega de quarto nem mais esperava uma resposta.

– Pode ir descendo na frente. Demoro um pouco ainda.

– E... – hesitou Gil.

Alan já sabia sobre o que era.

– Foi mal pelo sumiço. O problema não era com você. Tava precisando de um tempo pra mim. Fui muito egoísta, eu sei. Assim que voltarmos, retomamos a programação. Não vou desistir de um projeto tão bacana. Isso se você ainda quiser a minha parceria, é claro.

Gil fez sinal de positivo:

– Fica bem. – E saiu.

Alan soltou um segundo suspiro naquela manhã. Mais uma pendência resolvida. Todas foram mais simples do que ele calculara. Ele exagerava demais. Mente muito fértil de quem queria ser escritor? Talvez.

Abriu a mala, pegou o calção de banho e se trocou. Depois, observou o reflexo do corpo no espelho. Estava longe de ser o menino mais bonito e desejado da escola. No fundo, gostaria de poder viver isso também.

"Todo mundo tem suas futilidades", pensou, parafraseando Duda.

Aproximou o rosto do espelho. Já tinha começado o tratamento contra a acne. A dele, a dermatologista dissera, era tipo 3. Quanto mais demorasse a cuidar de modo adequado, maiores as chances de agravar as inflamações, deixando a pele com muitas cicatrizes e com excessiva sensibilidade. Passou o protetor solar. Não vacilaria para levar outro puxão de orelha da médica. Bastou o primeiro, após o episódio pós-festa.

O reflexo do corpo de Alan disse ao rapaz que ele precisava urgentemente entrar numa academia. Uma barriguinha saliente se formava. Como era exigente com ele mesmo, se cobrava muito. Era o concurso, era o rosto, era o corpo... Precisava ter mais paciência consigo. Amor próprio.

– Sou assim e pronto – disse o adolescente do outro lado do espelho, interrompendo o fluxo de pensamentos, se bem que não muito convencido das próprias palavras.

Lembrou-se do olhar de Duda envolvendo-o no aeroporto. Se ela o quisesse, teria que ser daquela maneira mesmo. O problema maior talvez fosse ele se aceitar como era.

Tirou uma camiseta da mala, vestiu e saiu. Não podia ficar parado, pensando o tempo todo. Quando o elevador abriu, viu Duda.

– Oi! – ela reagiu, meio constrangida. Estava tirando uma *selfie*.

– Minha maninha já desceu? – ele quis brincar meio encabulado.

– Já – respondeu.

Aquele silêncio de duas pessoas que sentem necessidade de falar, porém não sabem exatamente o que dizer, instaurou-se no elevador. Pouco depois, a porta se abriu e a dupla se juntou aos outros alunos. Imaginar as coisas era fácil, fazê-las acontecer é que era difícil. Por isso, Alan passou a manhã e a tarde inteiras meio à sombra, meio à espera de alguma oportunidade para conversar melhor com Duda.

Ao longo do dia, as palavras-chave foram protetor solar, sol, parque aquático, piscina, brincadeiras, toboágua, duchas, comidas, sucos, mais protetor solar, mais sol, mais piscina, mais brincadeiras... Gil e Marjorie não saíam do lado da amiga um segundo. O trio parecia mais inseparável do que nunca. Alan chegou a uma conclusão: era ele quem tinha que buscar uma oportunidade.

Só no finzinho da tarde, quando os alunos já se preparavam para voltar ao hotel, foi que Alan viu Duda sozinha, numa esteira, mexendo no celular. Pela primeira vez, nem sinal de Gil e de Marjorie por perto. Provavelmente os dois se afastaram para tirar mais fotos.

– Duda – disse Alan, aproximando-se, com o estômago revirado, o rosto quente. Envergonhado, não disse mais nada.

Achou-se bobo. Muito bobo. Duda com certeza tinha razão de sobra para acreditar que ele era um rapaz muito problemático. Ali, parado, sem dizer nada. Um esquisito.

A curiosidade expressa no rosto de Duda. Alan tomou coragem.

– Quer dar uma volta comigo?

No primeiro segundo, ela arregalou os olhos.

No seguinte, respondeu:

– Quero. – E já foi se levantando, para surpresa do rapaz. – Só me deixa calçar a sandália – pediu.

Estava tudo dando tão certo que Alan pensou por um instante que naquele dia nada poderia dar errado. Ou não.

Chorando, uma garota de biquíni vermelho atravessou a dupla.

– Marjorie! – gritou Duda assustada.

BARBA AZUL

"De novo, de novo", repetia Duda com muita raiva.

Do banheiro, apenas o ruído do chuveiro aberto. Se Marjorie estivesse chorando, fazia isso em silêncio.

"Quando um adolescente se cala, em geral, é porque algo de muito grave aconteceu ou está acontecendo."

As palavras eram de Anuska. Além disso, Duda recordava o sumiço da amiga no mês anterior, o encontro inesperado na antessala da psicóloga e a confissão no quarto amarelo.

– *Foi na segunda-feira... voltando da casa da minha tia...* – Não era difícil para Marjorie lembrar, a cabeça não se esquece dos traumas, mas era quase impossível contar. – *Eu tava cansada... na integração de ônibus... louca pra chegar em casa, tomar um banho. Aí esperei do lado de fora da fila pra ir em pé, perto da porta mesmo, pra chegar logo. Eram seis e meia da tarde. E o ônibus lotou como sempre lota nesse horário. Todo mundo apertado, meio que encostado, sem espaço direito pra se ajeitar. A minha mochila cheia, estufada, num ombro só, pra não bater nos outros, pra não incomodar mais. Porém, eu que fui...* – Marjorie fechou os olhos, hesitando. Prosseguiu: – *Primeiro, o toque do braço dele no meu peito. Assustada com o contato, tentei olhar discretamente pra ele e me pareceu apenas um homem qualquer, de barba e expressão indiferente, tentando se equilibrar no ônibus cheio. Depois, as curvas da estrada, um freada no caminho e um novo toque mais demorado. Mais pressão que toque. A minha respiração já suspensa, sentindo uma reação indesejada. Olhei ao redor. Caras de cansaço, de quem sobreviveu a mais um dia de trabalho, de quem não queria saber de problema. Parecia não haver nada. Nada! Mas havia. Só que ao mesmo tempo que eu tinha certeza, duvidava de mim mesma. Decidi mudar de posição, virar de lado. Desci a bolsa para a frente do meu corpo, abracei-a. A campainha solicitando a próxima parada tocou. E todo mundo teve que se ajeitar, se imprensar, se encostar. Foi quando senti embaixo aquele negócio... As pessoas que desceram não foram o suficiente para o espaço aumentar. Era como se ninguém tivesse descido e mais gente tivesse entrado. O ônibus retomou o movimento. E eu senti o toque, o contato, dessa vez das costas da mão dele, que segurava uma maleta. Meu rosto ficou vermelho e comecei a suar. A cada movimento do ônibus, a mão dele tocava com maior pressão em mim. Era real e também irreal. Agora entendo quando dizem que não dá pra explicar direito. É como se a gente não quisesse acreditar no que tá acontecendo, como se a gente não quisesse aceitar que tá passando por aquilo... Pela terceira vez olhei para ele, com vontade de xingar, de gritar pra se afastar. Só que perdi a coragem, a expressão no rosto dele era de que nada estava acontecendo! Mas estava! Nem me olhar ele olhava, como se os toques fossem acidentais! E aquela indiferença forçada me fez desconfiar de mim mesma e acreditar que, se eu falasse, seria xingada, chamada de mentirosa, passaria vergonha, me sentindo culpada por algo que não era minha culpa! A vítima era eu! EU! E tudo acontecia bem na frente de todos e sem ninguém ver! Como isso é possível, Duda? Como podem fazer isso com a gente? – As lágrimas desciam em desespero pelo rosto de Marjorie. – Desci uma parada antes. Ainda olhei para o homem, mesmo com muito receio, antes de a porta se fechar. Ele e a bolsa estilo maleta. Cheguei a duvidar do que tinha acontecido, que tinha imaginado. Mas não foi, Duda. Cheguei em casa desesperada. Pensei em ligar pra você, mas não tive coragem de contar. Corri pro banheiro. Queria me lavar de tudo, de tudo, como se pudesse jogar pelo ralo a memória. Quando saí, peguei o celular e vi uma mensagem nova e desconhecida. Minhas mãos começaram a tremer. Um* nude. *Perfil recém-criado, sem postagens. Na hora, só me veio ele na cabeça. Pensei em denunciar. Falar para os meus pais. Podia ser e não ser. De repente senti vergonha. Muita vergonha de contar tudo isso. De expor essa situação toda, de me expor. Tem gente que tem coragem de falar. Mas eu tinha perdido a fala, Duda. A minha voz. Apaguei a foto e bloqueei o contato. E vi no espelho meu rosto contraído. Testa e maxilar cansados de tanta angústia. Foi quando bateu o medo de que ele voltasse. De que outros fizessem igual. De que o meu perfil representasse um perigo.*

Duda, agora no quarto de hotel, chorava de novo, como se tivesse escutado pela primeira vez a dolorosa história da amiga. Ainda bem que desta vez Gil tinha filmado, mesmo que sem querer, o que acontecera. Ele tinha ido ao banheiro e, na volta, a ideia inocente do garoto, de fazer um vídeo com imagens espontâneas de Marjorie, flagrou algo que nunca sonharia. A câmera de segurança do parque aquático também pegou. Achando que Marjorie estava sozinha, um turista abaixara a parte da frente da sunga.

Assim que Lila e Heloísa souberam do acontecido, deram todo o suporte para Marjorie e chamaram a polícia. O criminoso foi levado à delegacia.

Duda abriu o navegador do celular e digitou a expressão *importunação sexual*. Foram essas as palavras que a professora Lila usou para explicar o crime que ocorrera. Na tela do celular, notícias de episódios idênticos apareceram. E até de crimes mais graves.

"Até quando esses caras vão fazer o que querem?", questionou-se Duda com toda a raiva e revolta que sentia.

Marjorie saiu do banheiro. Os olhos ainda vermelhos. Duda abraçou forte a amiga para dizer mais uma vez – e tantas quantas fossem necessárias – que ela não estava sozinha.

AS MIL E UMA NOITES

Apesar de ter dormido tarde, Alan acordou cedo. Virou-se na cama e pegou o celular. A luz da tela fez o rapaz fechar um dos olhos. Faltavam ainda dez minutos para o despertador tocar.

Mas que dia o de ontem!

Heloísa e Lila conseguiram resolver o problema e evitar que a história se espalhasse entre os demais alunos. Somente ele, Duda, Marjorie e Gil souberam do ocorrido. Seria um segredo só deles. Cúmplices na dor.

Alan repousou as costas na cama e ficou observando o teto. Seus pensamentos se alternavam entre a perplexidade e a raiva. Fizeram aquilo com Marjorie, que, com o relacionamento dos pais, tornava-se praticamente uma irmã. Contudo, poderia ter sido com Duda. Ou qualquer garota ali da turma. Ou até mesmo um dos meninos.

O rapaz inspirou profundamente e, depois, devagar, soltou o ar dos pulmões.

"A vida é cheia de problemas. Tanto do lado de dentro quanto do lado de fora da gente. Ser adolescente não é fácil, não", pensou Alan. "Como encarar tudo isso?"

E ativou a câmera frontal do celular. Examinou o rosto. Já não havia ali a inocência de uma criança. Aprendia o que era viver. Um sinônimo do verbo *lutar*.

– Acordado?

– Não – respondeu Alan, desligando o celular. – Sou meio sonâmbulo, sabe?

– Nem brinca com essas coisas – reclamou Gil.

– Você não quer ser psiquiatra? Então, prepare-se para conhecer a loucura de perto e das mais variadas formas.

– Nisso você tem razão – Gil se sentou. – Como disse mais ou menos Machado de Assis, a loucura não é uma ilha, mas um continente.

– Elementar, meu caro alienista! – disse Alan, relembrando o livro.

– É melhor a gente descer logo. Fazer companhia às meninas – sugeriu o colega de quarto.

– É verdade – concordou Alan, sentando-se.

Enquanto escovavam os dentes e se arrumavam, ainda discutiram um pouco sobre o episódio do dia anterior. Uma mancha na viagem dos quatro adolescentes, sobretudo para Marjorie.

Minutos depois, a dupla adentrou o restaurante do hotel, juntando-se aos primeiros alunos que tomavam o café da manhã.

– Olha elas ali – apontou Gil para uma das mesas.

Sentaram-se juntos. Duda, porém, continuou distraída.

– Oi? – insistiu Alan.

– Oi! Desculpa – pediu a garota.

– Como vocês estão? – quis saber Gil.

– Sobrevivendo – suspirou Marjorie. – Como toda mulher faz todos os dias – acrescentou.

– Você tem razão – concordou Alan.

– Tudo vai se encaminhar da melhor forma possível – ela prosseguiu. – O tempo, a minha mãe, a terapia, vocês três... Aliás, muito obrigada pela força, meninos. Vocês me fazem acreditar que o mundo pode ser diferente.

Encabulados, os rapazes apenas assentiram.

– E já decidi outra coisa também – asseverou Marjorie.

– O quê? – perguntou Gil.

– Ontem, antes de dormir, Duda e eu tivemos uma ideia. Na Feira de Conhecimentos, vamos montar um estande para discutir sobre machismo, assédio e violência contra a mulher. Ser adolescente mulher no século XXI é enfrentar tudo isso, infelizmente.

– Genial! – elogiou Gil, aplaudindo.

Alan notou que Duda observava alguém em particular ali no restaurante do hotel. Logo identificou quem era: Lila, a professora de Português.

– O que foi? – indagou o rapaz para a garota.

– Já perceberam que ela sempre aparece na hora certa? – questionou Duda.

– É verdade! – concordou Marjorie. – Se estou aqui tomando café com vocês hoje, e não no quarto chorando, é por causa dessa mulher incrível, que soube dizer as palavras certas pra mim.

– Sim, sim. Mas estava pensando em outra coisa – disse a amiga.

– Acho que sei o que é – falou Alan com um ar sério. Duda olhou para ele com curiosidade. O rapaz retomou: – Lila é diferente dos outros professores. Ela parece ler a gente.

– Concordo, maninho. É isso! É como se a gente fosse um livro e ela conseguisse ler direitinho nossas emoções, saber o que se passa na cabeça da gente...

– Ela é a professora mais jovem da escola. Talvez seja por isso – arriscou Gil.

– Não, não é – Duda discordou. – Não é só questão de idade, de ser uma boa professora. É muito mais que isso.

– O que seria então? – perguntou Gil.

– Empatia – quem respondeu foi Alan.

– Sim – confirmou Duda. – Essa é a melhor palavra.

– Contando histórias, escolhendo os melhores livros do Clube, ela parece adivinhar o que se passa na nossa cabeça – Alan se referia à leitura recente que fizeram de *O médico e o monstro*. – Se um psiquiatra prescreve remédio, ela prescreve literatura. Uma Sherazade moderna que salva vidas com boas histórias.

– Boa, escritor! – disse Gil.

Atentas, Marjorie e Duda escutavam. Duda principalmente. Então, Alan contou:

– Não sei se vocês sabem, mas foi Lila quem deu a maior força para Ariadne, uma aluna do 6º ano, que foi alvo de *haters* no começo do ano. Gustavo e Júlia, do Clube do Livro, também contaram que ela conversou bastante com eles sobre ansiedade e os transtornos que os dois enfrentavam, incentivando a se abrirem para os pais e procurarem apoio clínico, sobretudo Gustavo, que se recusava a ir.

– Sem falar da ação fantástica do Sarau Poético durante o Setembro Amarelo que ela desenvolveu ao lado de Sophia, a nossa psicóloga – acrescentou Gil, recordando o evento em que as turmas do 9º ano se aproximaram mais. Foi quando ele conheceu Alan e surgiu a ideia do *podcast*.
– É verdade! – concordou Marjorie. – Ela tá sempre preocupada com a gente!
– Será que ela sofreu como a gente na adolescência? – inquiriu Duda.
Curiosos, os quatros jovens voltaram o olhar ao mesmo tempo para a jovem professora.

QUEM CONTA UM CONTO...

Viajar é bom, mas voltar para casa também.
Duda saiu do banho se sentindo mais leve. Ainda de toalha, olhou-se no espelho. Talvez estivesse um pouquinho menos branca, porém as diversas aplicações do protetor solar surtiram efeito.
Lembrou-se do que acontecera com Marjorie e imediatamente os olhos se encheram de lágrimas. Eram tristeza e raiva misturadas. Doía por dentro e, como uma represa cheia, transbordava. A amiga já tinha contado para a mãe. E Heloísa solicitara a presença de Regina no colégio na manhã seguinte para uma conversa delicada, mas necessária. O segundo episódio havia ocorrido na viagem. Duda suspirou ao recordar tudo. Entretanto, relembrou também do apoio que Gil e Alan deram.
Nem todos os homens eram assim. Eles eram diferentes. O mundo mudava.
"Alan".
O pensamento de Duda pousou no rapaz. Pensou nele com carinho. Enquanto os alunos, que nada souberam, curtiram o roteiro da viagem, soltando olhares sugestivos e indiretas, não houve clima nem mesmo para um selinho entre os dois.
Duda apertou os lábios e franziu a testa, intrigada com o próprio desejo.
Se fossem outros tempos, era provável que ela não olhasse para Alan. Calado, tímido e inseguro, ele não chamava muito a atenção. Mas, após o início do enfrentamento dos seus medos, quando passou a entender melhor a sua

cabeça e a enxergar o que era essencial numa relação saudável, a garota olhava para além das aparências. E, mesmo com as espinhas marcando o rosto, ao se lembrar de Alan agora, Duda achou-o bonito. A introspecção e o ar de mistério despertavam o interesse, provocavam a imaginação. Ela sorriu. E se assustou. Com o sentimento ou talvez apenas com a chamada do celular.

Não era ninguém. Número de outro estado. Revirou os olhos. Volta e meia isso acontecia. Desbloqueou o celular com a digital. Abriu o aplicativo de mensagens. No topo, uma de Alan.

Em casa?

> **Sim.**
> **E já tomei banho.**
> **Só me falta coragem**
> **pra desfazer a mala.**
> **Vai ficar pra amanhã.**
> **Rsrsrsrs**

Boa! Hehe
Mas queria agradecer de novo pela força
E pedir desculpas pelo que aconteceu antes
Fui muito infantil

> **Não, não foi.**

Não?!

> **Você foi humano.**
> **Só isso.**
> **Com seus defeitos e também suas**
> **qualidades.**

Não sei nem se tenho isso.

Duda hesitou. A frase soou ambígua, mas ela tinha entendido. Digitou rápido:

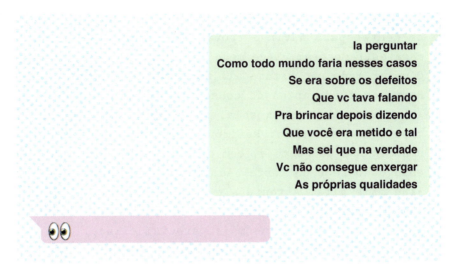

> Ia perguntar
> Como todo mundo faria nesses casos
> Se era sobre os defeitos
> Que vc tava falando
> Pra brincar depois dizendo
> Que você era metido e tal
> Mas sei que na verdade
> Vc não consegue enxergar
> As próprias qualidades

Ausência de palavras por alguns instantes.

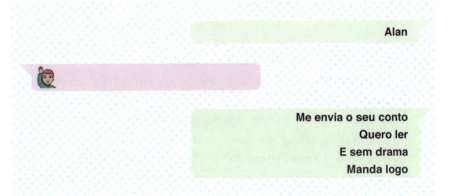

> Alan

> Me envia o seu conto
> Quero ler
> E sem drama
> Manda logo

A resposta foi o arquivo que Duda abriu:

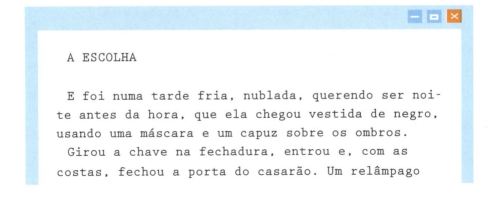

```
A ESCOLHA

  E foi numa tarde fria, nublada, querendo ser noi-
te antes da hora, que ela chegou vestida de negro,
usando uma máscara e um capuz sobre os ombros.
  Girou a chave na fechadura, entrou e, com as
costas, fechou a porta do casarão. Um relâmpago
```

clareou a sala. A mulher fechou os olhos e apertou os dentes para ouvir o trovão. Tanto ela quanto a casa estremeceram. Teve medo de abrir os olhos. O maior medo não estava ali fora, mas dentro dela. Respirou fundo antes de conseguir reabri-los.

Caminhou firme pela sala, sujando de lama todo o tapete e o assoalho. Retirou a máscara, pôs sobre uma mesinha de canto e, com o dorso da mão enluvada, enxugou o suor da testa. Admirou a escada, pareceu-lhe mais alta. A tontura e o enjoo voltaram. Só mais quinze degraus a levariam a uma escolha e depois a um destino, que mais pareciam cilada.

Ao primeiro passo, o degrau rangeu. Não queria que ele denunciasse a sua presença, embora todos soubessem que ela não demoraria a voltar.

A mulher havia ido à cidade, ao boticário, entregar o colar, os brincos e a pulseira em troca de um pequeno frasco de líquido verde, que mais parecia água parada em chafariz.

Ao toque do segundo trovão, o retorno da chuva voraz ameaçou esmagar o casarão e arrastar as árvores com o vento. A mulher apertou o frasco junto ao peito. As manchas de lama que as botas deixaram no tapete não importavam mais. Talvez as gotículas que o capuz deixou cair, como lágrimas, sim.

Na sua frente, duas portas a escolher. A da direita e a da esquerda.

Na porta da direita, o marido enfermo e acamado. O homem da sua vida, que arriscara a própria pele para salvá-la quando a carruagem onde estava desceu pela ribanceira, numa curva do caminho, e quase a matou. Ele era um astuto detetive que já desvendara os mais perigosos crimes. Não sentia medo algum.

Na da esquerda, a irmã igualmente doente, sua confidente apesar das brigas e turras. Perderam os pais cedo e só tinham uma à outra. Poetisa nas horas vagas, era médica e cuidava das crianças carentes da cidade. A mãe que muitos meninos órfãos não tinham.

Mas a mulher só havia conseguido uma dose.

Lembrou-se do boticário, da longa fila, da briga pela sua vez e do alto valor do remédio. Brincos, colares e pulseiras se foram em troca de uma única escolha. Antes de ir embora, a frase que a arrepiou inteira:

— Sei de coisas que os outros não sabem apenas pelo cheiro que delas emana. Você ainda tem um anel. Pode saber o que já sei.

QUINCAS BORBA

A mulher quis gritar que ele era um charlatão, que se aproveitava dos mais indefesos para lucrar. Porém, limitou-se a apertar os lábios.

Ele riu zombeteiro do furor reprimido.

— Todo conhecimento tem seu preço. Deseja mesmo continuar com o anel e permanecer na ignorância?

Ela retirou o objeto, recebido no dia do casamento, e, com raiva, atirou-o para o boticário, que, rindo, disse:

— Há uma terceira escolha a fazer. Ela está dentro de você. O invólucro também está doente. Pense bem quem prefere salvar.

E foi se recordando dessas palavras que a mulher alisou o ventre diante do espelho marcado pelo tempo no topo da escada. Chorara, gritara, quase enlouquecera no caminho de volta.

— A irmã, o marido ou o filho?

Desesperada como a própria tempestade, a mulher sentou-se sem saber o que fazer.

Até que fez a **sua** escolha.

Alan já tinha relido o próprio conto. Andava de um lado para o outro do quarto. Nada de Duda. Aguardou mais dois minutos. O silêncio permanecia.

Será que ela não tinha lido? Será que ela não tinha gostado? Será que ela não tinha entendido? Pior: Será que ela achara ruim mesmo e nem coragem de dizer tinha? O rapaz tinha ideias demais na cabeça.

Na mesinha ao lado da cama, o livro do bimestre: *O alienista.*

Alan estava na metade. Naquele momento, não se lembrou em que ponto da história pausara. Desejou apenas ser igual ao próprio alienista do livro, o homem da ciência que não se deixava conduzir pelas emoções. Foi quando recordou onde tinha parado a leitura.

Simão Bacamarte, o alienista, havia começado a colocar na Casa Verde, um tipo de hospício da história, pessoas que não eram tão loucas assim. Alguns cidadãos de Itaguaí, a cidade onde se passava a trama, preparavam uma rebelião contra o médico. Alan queria banir para uma Casa Verde seus sentimentos, mas eles igualmente se rebelavam.

Uma notificação. Mensagens de Gil.

> **Olha o que achei**
> **Um quiz pra descobrir qual personagem**
> **de Machado de Assis você é**
> **Tenta aí**

Nada ainda de Duda. Escreveu para ela:

> **Duda?**

Sem resposta. Fez o teste. Deitou-se na cama. Leu o resultado:

– Simão Bacamarte. Ok... Beleza de futuro! Além de feio, ficarei louco.
Refez o teste.

– Rubião, do livro *Quincas Borba.* Quem é esse? Outro louco?
Notificações.

Desculpa
Minha mãe chamou aqui
Mas já li

E aí?

Fantástico!

Sério? Vc gostou mesmo?

Muito mesmo

Tem certeza?

Pode acreditar um pouco nas outras
pessoas?

Pena que não ganhou, né?

Hum-hum
Só não entendi uma coisa

O final, né?

Esse "sua" é tipo a "minha" escolha?

Isso!
Foi isso que pensei.
Ambiguidade.
Final aberto.

Prefiro finais fechadinhos
Quando a gente sabe o que aconteceu
Mas o seu ficou legal também

> Quis deixar para o leitor imaginar
> Fazer A ESCOLHA
> Pena que não rolou...

> Acontece
> Mas não fica chateado

Mentiu:

> Já superei rs

> Mudando de assunto...

> Sim?

> Que tal um cineminha amanhã?

Alan imitou o *emoticon* de olhos arregalados.

O CÃO DOS BASKERVILLE

O ponto de encontro foi, obviamente, a livraria do *shopping*.

Duda entrou pisando firme para disfarçar o nervosismo. Sentia o estômago revirar. Lá estava Alan lendo um livro. Ele fez uma careta e fechou. Colocou de volta na estante.

– Não gostou?

– Oi! Chegou na hora.

– Sou ansiosa – riu Duda, sentindo o perfume do rapaz. Ele caprichara. – E o livro?

– Ah, sim. *Quincas Borba*, de Machado de Assis. Tava querendo descobrir quem era Rubião.

– Descobriu?

– Hum-hum. Mas se eu falar o que queria saber desse livro, dou *spoiler*.

– Então, melhor não, né? Marjorie, por incrível que pareça, curte Machado de Assis.

– Sério?

– Mas não vamos falar da sua *irmã* hoje. Vamos pro cinema?

Alan assentiu. Seguiram para a bilheteria.

Calor. Essa sensação tomou conta de Duda assim que Alan começou a caminhar a seu lado. Muito próximo. A garota tinha a impressão de que todo o sistema de refrigeração do *shopping* naquele momento fora desligado. Na barriga, a mesma sensação diferente que sentira no ônibus, quando seguiram do aeroporto ao hotel, em Fortaleza.

Mas, nesse momento, ao seu lado, o rapaz andava meio curvado, denunciando certa timidez. No rosto, as espinhas. No coração, o sentimento? Duda apertou as mãos.

Chegaram ao cinema.

– Vou pagar seu ingresso – avisou Alan.

– Não – ela recusou.

– Mas...

– Mas nada. Século XXI. Parou com isso. Cada um paga o seu.

– Então, tá – Alan riu.

Será que tinha sido deselegante com ele? Mas não achava justo que ele pagasse tudo. Talvez em outro momento, numa data especial...

"Duda, se acalma!", aconselhou a si mesma.

Decidiram o filme. Na verdade, quem escolheu foi Duda.

Na véspera, depois de ter feito o convite, ela se arrependeu. O rapaz gostava de filmes de mistério e suspense, essas coisas assustadoras. Nem sonhando ela ia entrar numa sala de cinema para ver alguma coisa do tipo. Já tinha medos demais para sentir outros. Quando se sentisse mais forte, com certeza enfrentaria. Por ora, era mais seguro manter tudo sob controle.

Por isso, excluiu dois filmes logo de cara. Depois, assistiu ao *trailer* dos outros. Cancelou as chances de mais dois. Sobrou apenas uma animação e um suspense aparentemente leve sobre a investigação de um crime. Queria indicar o primeiro. Ficou com receio de ser considerada criança. Sugeriu o segundo. Pelo menos, no *trailer,* não viu nada demais. No *trailer*.

Foram para a entrada. Antes, porém, banheiro.

Nervosa, a garota não sabia bem se estava desse jeito por conta de Alan ou do filme. Ela até tentou baixar o arquivo na véspera para assistir antes, só que não conseguiu e por muito pouco não travou o computador com um vírus escondido na pasta do *download* que fizera. Desistiu. Sabia que isso era errado e estava muito cansada por conta da viagem.

Agora, observando seus medos refletidos no espelho, Duda pensou em tomar o remédio que trouxera na bolsa.

– Não. Respira. Inspira, expira. Tá tudo sob controle. Ou não, mas vai ficar.

Conferiu o batom que passara nos lábios, daqueles discretos, que não vão deixar sujar o rosto do menino. Corrigiu com a ponta dos dedos um borrão inexistente. Tudo OK.

Depois, acomodados no meio da sala, o filme começou.

Com um assassinato brutal.

Duda tentou controlar a respiração, desviar o olhar, mas o corpo ensanguentado na tela com um cachorro latindo furioso para o assassino com as mãos vermelhas e uma faca, despertou, na garota, mais uma crise, que veio violenta, tal qual a primeira cena do longa.

– Não quero mais ver esse filme, não, Alan. Vamos embora, por favor!

O ENFERMEIRO

Alan seguiu a garota, que tentava disfarçar o nervosismo.

– Espera, Duda!

Ela ia em frente. Rumo à praça de alimentação. Depois, desabou num dos bancos da área mais vazia. O rapaz se assustou. As lágrimas escorrendo, os punhos cerrados e o corpo todo contraído. O medo e a tensão estampados no corpo todo. De alguns em alguns segundos, o tronco estremecia, numa contração involuntária.

– Calma, calma. Eu tô aqui – ele se sentou ao lado dela. Pegou nas mãos da garota. Estavam frias.

Alan não sabia o que fazer. Precisava pedir ajuda e, ao mesmo tempo, não queria deixar Duda sozinha.

– Eu não tô sentindo as suas mãos – ela contou, aumentando ainda mais o desespero do garoto.

– Vou pedir ajuda.

– Espera – ela pediu com dificuldade. – Meu remédio... na bolsa... pega...

Com cuidado, ele retirou a bolsa da garota e a abriu. Achou a cartela. Ao ler no verso o nome, arregalou os olhos. Já tinha ouvido falar naquele medicamento.

– Embaixo da língua – ela pediu e, com esforço, abriu a boca.

Ele destacou um comprimido e colocou-o no local recomendado.

– Tenta respirar – ele disse. – Eu tô aqui. Quer que eu chame o SAMU, sua mãe, alguém?

– Não, não... Só fica aqui... Comigo.
– Eu tô, eu tô. Não vou te deixar sozinha.
– É uma crise... de pânico. Tenho síndrome do pânico.

Alan entendeu melhor tudo aquilo. Nunca tinha presenciado algo do tipo. Mas buscava coragem que nem ele suspeitava que existia para permanecer lutando junto com ela.

– Vai passar... vai passar... – a garota repetia para si mesma.
– Vai. Isso, Duda. Acredita. Você é forte!

Alan duvidou que suas palavras surtissem algum efeito. Muitas vezes, os elogios que ele recebera não serviram de nada. Simplesmente era impossível acreditar. Agora, ali, sozinho, ao lado dela, desejou mais do que nunca que ela pudesse confiar nele.

– Todos dizem isso... – ela disse, apertando os dentes. – Mas, dessa vez, vou acreditar.

Era a segunda vez que Duda fazia assomarem lágrimas nos olhos de Alan. Mas era a primeira vez que isso acontecia por amor.

TRÊS TESOUROS PERDIDOS

Na segunda-feira, o dia começou com duas aulas de Língua Portuguesa no 9º ano B.

– Bom dia, bom dia, pessoal! – cumprimentou o professor Roberto.
– Bom dia – respondeu Duda no automático.

A tarde de sábado ainda viva na memória. Mais uma vez, os olhos de Alan ficaram registrados nos pensamentos da garota. Novamente a aproximação dos dois dera errado. Suspirou.

– O que foi? – perguntou Gil.
– Nada. Bobagem minha.

Não, não era. Por isso, a inquietação.

– Quais são os limites entre a sanidade e a loucura? – A pergunta de Roberto interrompeu os pensamentos de Duda. Ele falava do livro. Ela refletia sobre si mesma. – Chega um ponto da história, acredito que todo mundo já leu a essa altura do campeonato (ou deveria ter lido), que o que parecia ser a solução do problema se torna o próprio problema. Simão Bacamarte, nosso alienista, em vez de tratar dos loucos na Casa Verde, solta todos eles, considerando normal ter um pouco de loucura. Será que todos somos loucos? Ou será que a loucura faz parte de cada um de nós?

Fazia. Sim. Essa era a opinião de Duda. Por isso, ela levantou a mão. A primeira vez em meses de aula.

– Pode falar – disse o professor.

– Dizem que de gênio e de louco todo mundo tem um pouco – ela começou.
– Faz sentido. De perto ninguém é normal, como diz Caetano Veloso. Todo mundo tem seus medos, suas angústias, seus traumas. Às vezes, sabemos que um pensamento não é – e fez o sinal de aspas – *normal*, mas também não desgrudamos dele tão facilmente. Sei lá... Parece que na adolescência tudo piora. E... – Duda hesitou. A sala inteira estava concentrada nas palavras da garota. – A gente não tem maturidade para entender tudo isso.

– Eu diria o contrário – discordou o professor.

– Por quê? – Duda perguntou tão espontânea que se arrependeu do tom informal que expressou na frase.

– Porque quem quer entender e deseja crescer demonstra maturidade. Não se pode, jamais, querer nascer pronto, acertando tudo, sem erros ou deslizes. Viver é aprender.

Gil levantou a mão. Roberto assentiu.

– Por exemplo, Machado de Assis. Ele não nasceu pronto. Ele não foi um gênio desde o primeiro conto. Eu mesmo, quando decidi participar do concurso de contos, fiquei pensando se escreveria algo bacana. Aí, bateu a curiosidade de ler o primeiro conto de Machado de Assis.

– *Três tesouros perdidos* – disse o professor.

– Isso. E é um conto normal. Não tem essa genialidade toda de *O alienista*. Mas nosso gênio não teria existido sem esses *Três tesouros perdidos*!

Duda riu, tristemente. A mente logo calculou quais seriam os dela: coragem, saúde e amor.

– Você tá se comparando com Machado de Assis? – brincou Marjorie, revirando os olhos e fazendo Duda rir.

– Não – riu Gil. – O que tô querendo dizer é que ninguém nasce perfeito. Isso não faz sentido. Os padrões e ideais são, na realidade, impostos pela sociedade e, muitas vezes, por grupos privilegiados. Devemos só procurar o nosso melhor e pronto.

– Mas o nosso melhor nunca vai estar pronto, né? – disse Marjorie.
– Somos perfeitamente imperfeitos – resumiu Duda.
– Eis a questão! – concordou o professor Roberto.

O POÇO E O PÊNDULO

– E aí, *Cabeça Jovem*? Tá escrevendo seu *best-seller* que vai virar uma série de sucesso?

Era Serginho, que se sentava ao lado de Alan, na arquibancada da quadra. O rapaz, que teve a leitura interrompida, riu. O garoto era uma espécie de alívio cômico.

– Nada.

– Não vai dizer que desanimou só porque não ganhou o concurso...

– Tô praticamente sem tempo. E a Feira de Conhecimentos tá chegando, né? Então...

– Vou fingir que acredito que você não ficou chateado, para não dizer outra palavra, com a vitória de Gil, que nem pensa em ser escritor.

– Faz parte. Derrotas já são esperadas. Vou até salvar numa pasta as recusas das editoras assim que eu mandar meu primeiro livro.

– Depois você vai poder dizer, quando for famoso, é claro, que foi ignorado por tantos anos e por tantas editoras. Dá um charme – riu Serginho. Mas Alan não. – E esse livro aí?

– Tava relendo – Alan passou para o amigo.

– *O alienista* – leu Serginho. Olhou a quarta capa. – Simão Bacamarte. Qual é a história? Um caçador de *aliens* chamado Simão e que usa bacamarte?

– Não, né, Serginho? Você tem umas ideias nada a ver.

– Vixe! Como você tá mal-humorado! O encontro daquele dia não foi bom, não?

– Encontro?

– Nem vem negar. Vi você e Duda no *shopping*, entrando no cinema na semana passada. Além disso, observei que ela olhava pra você do mesmo jeito na festa de Halloween. Você pode não gostar dela, mas que ela gosta de você, ah, isso gosta. Percebo essas coisas.

Alan se levantou pondo a mochila nas costas:

– Você tá blefando. Ninguém gosta de mim, não. Muitos defeitos para uma pessoa só.

– Ei, ei, ei. Que pessimismo todo é esse? Cadê a autoestima do meu Edgar Allan Poe nordestino? Meu Conan Doyle recifense? Meu Agatho Christie.

– Dentro do poço.

– Então, deixa eu ser o cavaleiro francês que vai te salvar?

Alan parou e se voltou para o amigo.

– Pegou a referência, hein? Menino esperto. Achava que eu não conhecia esse conto? Achou errado, meu corvinho. Aqui é carisma e talento.

– E modéstia.

– Velho, me escuta – Serginho interrompeu a passagem de Alan. – Agora falando sério. Acha que sou só alegria 24 horas por dia? Ledo engano. Tenho meus dias de *bad* também. Só que penso o seguinte: Se eu não correr atrás da minha felicidade, por menor que ela seja, quem vai?

– Decorou direitinho os conselhos de Lila.

– Analise. Ela tem razão. Sou o engraçadinho, o baixinho, mas aprendi a gostar de mim desse jeito. Também tenho meus amores. Outro dia, uma guria que eu tava curtindo pacas, tatus, a fauna inteira, não me deu a menor bola. Tentei. Não deu. Ela até fez críticas a minha simpática pessoa. Acredita? Mas eu sou assim. Não tem jeito. Pra ser feliz tenho que encontrar alguém que me queira assim.

Alan balançou a cabeça, concordando. Quando Serginho queria falar sério, falava. Ou não.

– Por isso quase fui pro cinema com outro contatinho nesse dia aí em que vi vocês. Ela pediu um tempo, um pouco de paciência. Vamos aguardar. Então, vai por mim – e ele voltou a falar sério. – Se tá a fim de Duda, chega junto logo. Mas não precisa assustar também. Vai devagarinho, como se tivesse escrevendo um livro de suspense, aumentando a tensão, pra quando chegar a hora H... Ou vai dar certo ou vai dar errado. Aí você me conta. Adoro uma fofoca.

Alan não pôde deixar de rir.

– Valeu, Serginho. – E bagunçou o cabelo do amigo.

Isso. Amigo. Conversar daquele jeito, se preocupar, era uma demonstração de amizade do gaiato do 8º ano. Alan tinha amigos, sim. Só que os mantinha a distância para não revelar suas fragilidades.

Reconquistar a autoestima não seria nada fácil, mas tinha chegado a hora de Alan sair do fundo do poço.

HISTÓRIAS EXTRAORDINÁRIAS

– Olha que cérebro lindo! – exclamou Micheline, a professora de Ciências, ao lado da cabeça de acetato com todos os órgãos do sistema nervoso à mostra. Ela ajudava os alunos a organizar os estandes da Feira de Conhecimentos. O quarto bimestre corria acelerado.

– Me dá um negócio esse troço todo retorcido – confessou Duda ao lado de Gil.

– Isso aqui é fascinante. É cheio de enigmas, mistérios e segredos. A gente estuda, pesquisa, investiga e nunca deixa de descobrir – disse a professora.

– Um milhão de mistérios – sentenciou Gil. – E todos extraordinários!

– Que o cérebro imagina muitas *histórias extraordinárias*, disso eu tenho certeza – brincou Lila, se aproximando do grupo.

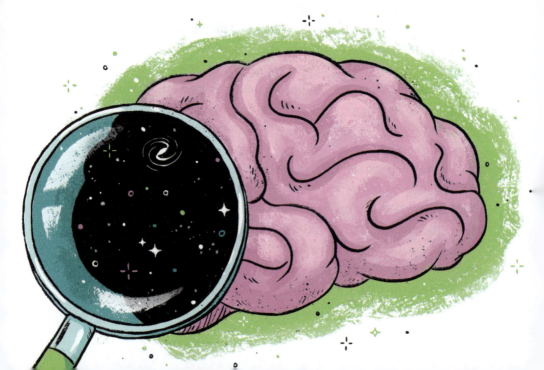

"Alan iria gostar dessa referência", pensou Duda, relembrando um dos livros que viu no perfil do rapaz. Mas não disse nada. Ainda estava com vergonha de ir atrás dele depois do que acontecera no cinema. Desde o incidente no *shopping*, a conversa dos dois caminhava na base do "Oi! Como vc tá?" e da timidez.

Era incrível como todas as vezes que tentaram se aproximar alguma coisa deu errado. Depois de muito pensar, concluiu que não tinha como aquilo funcionar. Marjorie achava o contrário.

As duas amigas quase perderam o horário de se levantar no dia da Feira de Conhecimentos porque passaram a noite toda conversando. A blogueira até brincara que era mais fácil resolver aquilo de uma vez do que dobrar mil pássaros de papel, se referindo aos *tsurus* que Makoto, aluno do 8º ano, distribuíra no Sarau Literário do Setembro Amarelo.

– Vocês viram Alan? – perguntou a professora de Língua Portuguesa.

– Ainda não – respondeu Gil.

– Também não – disse Micheline.

– Tô atrás dele. É ele quem vai me entrevistar, não é isso, Gil?

– Sim, sim. Mas vou acompanhar também. Já terminei de organizar aqui o estande.

– Confesso pra vocês que tô ficando meio nervosa. Quando diz "gravando", eu travo. Muito melhor dar aula.

– Não precisa se preocupar. Você só vai confessar todos os seus crimes – brincou Gil.

– Misericórdia! Eu sou inocente – riu Lila, erguendo as mãos como se estivesse numa revista policial.

– É o que todos dizem – agora quem falou foi Alan, que ficou meio sem jeito ao ver Duda. Apenas acenou. – Vamos, Lila?

Os três se afastaram. O celular de Duda acusou recebimento de uma nova mensagem.

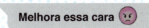

Mensagem de Marjorie, que estava no estande do outro lado. Duda revirou os olhos. E respondeu:

> O q vc quer q eu faça?

> Chega de insegurança, né?
> Se ele não quiser você por causa do que aconteceu
> Vc merece alguém melhor
> Mas não acho que seja o caso
> Agora
> Essa história extraordinária só vai sair do papel
> Se vc acreditar

Enquanto pensava nas palavras da amiga, Duda notou que Serginho ajudava Marjorie na organização do estande. Digitou quase errando as palavras:

> Serginhooooo?????

Marjorie não respondeu. Do outro lado, ela apenas fez um bico e, com o indicador, pediu silêncio, cúmplice.

HELENA

– Alô, alô, cabeças! Aqui é Gil Queirós!
– E aqui Alan Gonçalves!
– E vamos dar mais uma volta ao mundo!
– A um mundo cheio de mistérios que nem a ciência desbravou ainda!
– Está começando o meu...

– o seu...

– o nosso podcast Cabeça Jovem!

– E o episódio de hoje é especial. Concorda, Gil?

– Sim! Nosso programa, hoje, está sendo gravado na Feira de Conhecimentos do Colégio João Cabral de Melo Neto e transmitido ao vivo pela internet.

A dupla conseguiu montar uma pequena estrutura na quadra para a gravação de algumas entrevistas com professores ao longo do dia.

– E não só por isso!

– Exatamente, Gil! Temos uma convidada ainda mais especial para o nosso bate-papo. Lila, a nossa querida professora de Língua Portuguesa e coordenadora do Clube do Livro. Seja bem-vinda ao nosso programa!

– Eu que agradeço, meninos. Muito obrigada pelo convite!

– A gente é que agradece.

– E sem mais delongas, solta a vinheta, Gil! – O garoto apertou o play: – Cabeça Jovem entrevista.

– Vamos para a nossa apresentação?

– Sim – concordou Alan. – Lila Raquel é professora de Língua Portuguesa, ministra aulas nos sextos e sétimos anos, e também, como já falei antes, é a coordenadora do Clube do Livro do nosso colégio. Este é o primeiro ano dela aqui, mas chegou com tudo, cheia de novidades. E no Clube, do qual eu participo, parece que ela escolhe a leitura certa para o momento certo. Como você consegue isso, Lila?

Ela sorriu e respondeu:

– Como você falou, é o meu primeiro ano aqui na escola e, além de querer garantir o emprego fazendo um bom trabalho – riu de novo –, sou recém-formada em Letras e minha adolescência está aqui pertinho. É lógico que estou do outro lado da sala de aula agora, do lado do quadro, mas, entre uma aula e outra, vejo em vocês as mesmas angústias, medos e sonhos que tive. Aliás, alguns ainda tenho. Por isso, me identifico com vocês, meus alunos. Talvez seja por isso também que vocês se identifiquem comigo. É empatia que fala, né? Acredito que isso é importante para que uma relação dê certo. Não só na sala de aula mas na vida. Sem falar que com a leitura de bons livros a conversa fica ainda melhor.

Alan olhou para Gil. Lembrou-se de que o amigo queria saber mais do que se passava ou do que se passou na vida da querida professora. Será que Lila contaria algo? Seguiu para a próxima pergunta do roteiro.

– *Foi alguém da família que incentivou o seu primeiro contato com os livros?*

– *Por incrível que pareça, não. Costumo dizer que sou fruto da leitura na escola. Foi na escola mesmo que ocorreu meu contato com os livros. Em casa, não havia livros infantis ou revistinhas da Turma da Mônica, que comecei a pedir a meus pais depois de alfabetizada. Com a escola e o incentivo de grandes professores, a leitura se tornou uma grande amiga na minha adolescência, que foi difícil. Então, penso que, se ela me ajudou, pode ajudar igualmente meus alunos.*

– *Recentemente, você encabeçou o Sarau Poético e o Setembro Amarelo colocando em pauta a saúde mental dos adolescentes. A gente sabe de outras ações suas na escola, ajudando os alunos a enfrentar certos conflitos, questões pessoais... De onde vem essa sensibilidade toda?*

– *Não sei se consigo contar* – hesitou a professora.

Alan trocou um olhar com Gil. Lila respirou fundo e prosseguiu:

– *Como falei, a leitura foi uma grande amiga na minha adolescência. Nela, enfrentei algo que só tive dimensão depois, quando criei coragem para ir à psicóloga, já mais velha. Tive transtorno depressivo-ansioso* – Alan arregalou os olhos. – *Pois é, um combo. Terrivelmente caprichado. E, de quebra, com transtorno obsessivo-compulsivo, o famoso TOC. Foram anos difíceis em que, em silêncio, sofri muito. Só quando cheguei a um ponto de muito sofrimento foi que consegui procurar ajuda. Mas essa fase dura passou. Ainda bem. Agora sou uma pessoa mais feliz e bem resolvida. Tenho problemas? Tenho. Fico triste? Claro. Tenho medo? Ainda de um monte de coisa. Mas hoje consigo compreender melhor tudo isso. Acho que posso fazer por vocês o que não pude fazer pela minha avó Helena.*

Alan continuou com os olhos arregalados. Lila se emocionava. Será que tocaram num ponto muito delicado? O rapaz nem quis ver a reação de Gil. Os olhos estavam fixos na professora. Com certeza, agia da mesma forma. E a professora de Língua Portuguesa contou seu passado como forma de aliviar um peso que ainda carregava:

– *Eu era pequena e vó Helena era tida como uma mulher muito nervosa, muito preocupada. Eu ia para a casa dela, ficava vendo televisão, brincando na sala com meus primos. A gente considerava tudo aquilo normal, era o jeito dela e pronto. Essa era a visão da família. Porém, com o avanço da idade, tudo foi se alterando, agravando... Depois de ficar viúva, ela só queria ficar deitada. Em seguida, começaram muitas idas ao hospital aparentemente* "em vão", como pensava a família. Olhando para trás, com os meus olhos de hoje, vejo que ela sofria de ansiedade, talvez até mesmo de síndrome do pânico, algo que só um profissional da área poderia mesmo diagnosticar. Mas ninguém entendia direito o que ocorria. Vó Helena sofrendo, ficando cada vez mais velhinha, não levaram ela para nenhum psiquiatra ou psicólogo, o tempo foi passando e... passou – Lila fez uma pausa. Os olhos vermelhos não seguraram mais as lágrimas. – Eu era muito pequena, mas me lembro de tudo isso. Se ainda hoje encontramos certa resistência nessas questões, imagina vinte anos atrás? Infelizmente, não pude fazer nada naquele tempo. Mas hoje eu posso. Não por ela, é claro. Mas pelos meus alunos. Tenho interesse pela cabeça jovem – e sorriu com o trocadilho. – Não sou psicóloga, é lógico. A ajuda profissional é essencial, obrigatória, eu faço questão de frisar. Psiquiatra e psicólogo não são "coisas de doido", mas de quem se gosta ou quer se gostar mais. Os pais também precisam estar de olho nos filhos e dialogar com eles, permitindo que eles se sintam à vontade para conversar, se abrir. A escola não pode resolver tudo, muito menos sozinha – e fez uma pausa para retomar o fôlego. – Como professora, se eu observar algo, vou tentar ajudar, dar um conselho, sugerir um livro. Vou dizer que não precisam sofrer por tanto tempo, como sofri. Felizmente, os tempos mudaram. Uns ainda vão dizer que a escola não foi feita para isso, para falar dessas questões, que a literatura também não... Mas eu acredito. E acreditar num sonho é o primeiro passo para que ele se torne realidade.

Alan estava emocionado. Gil também. Eles começaram os aplausos, que foram seguidos por todos que acompanhavam a transmissão. Até alguns gritos foram ouvidos:

– Lila! Lila! Lila!

Os dois rapazes se levantaram e abraçaram a professora. Novas lágrimas escorreram pelo rosto dela. Dessa vez, por outros motivos: alívio e alegria.

TESTEMUNHA OCULAR DO CRIME

Lila tinha razão.

E Marjorie também. Se Duda quisesse que a história com Alan desse certo, ela teria que acreditar e fazer a parte dela. E que Alan fizesse a parte dele também. Esse medo, essa insegurança dos dois, precisava acabar. Uma história não poderia ser desse jeito para sempre. Para ser extraordinária, poderia até ter esses elementos, mas tudo tinha que se resolver.

Duda soltou o ar preso nos pulmões, encarou o próprio reflexo no espelho do banheiro da quadra e saiu decidida a conversar com Alan. Foi à procura do colega entre os estandes dos 9º anos.

– Jojô, você viu Alan? – perguntou à amiga, que apresentava o trabalho sobre feminismo e violência contra a mulher para um grupo de alunos do sexto ano.

– Só um segundinho, pessoal – pediu Marjorie para a turma. – Não o vi depois da entrevista de Lila. Talvez Gil saiba.

Duda assentiu. E, por um instante, observou o grupo diante do estande da amiga, que falava sobre sororidade, igualdade e direitos das mulheres. Reconheceu Ariadne ali no meio, a menina do 6º ano que tinha um *vlog*, ao lado das amigas e também de um grupo de meninos que volta e meia aprontava no colégio: Danilo, Robson, Vinícius e Kenji. Duda sorriu feliz, acreditando que o futuro poderia ser bem melhor. Era preciso seguir com alguma esperança.

A garota voltou a procurar Alan. Foi quando viu. Três meninos implicando com Gil.

– Ei, *boy!* – chamou um.

– Explica aqui – pediu o segundo.

– A gente quer entender esse negócio de cérebro melhor – disse o terceiro.

Duda ficou observando. Desconfiado, Gil se aproximou devagar.

– Bem, como vocês podem ver...

– O cérebro não é cinza, não? – interrompeu um deles.

– Na verdade, a massa cinzenta...

– Fala mais alto – exigiu outro. – Que nem homem.

– A gente não tá ouvindo nada – disse mais um.

Gil não olhou para eles. O rosto vermelho de raiva. Duda reconheceu quem parecia ser o líder ali: Anthony. O mesmo que tirara onda com Alan na festa de Halloween. Gil recomeçou procurando manter a calma:

– A massa cinzenta é o nome que se dá às células neurais. Elas são responsáveis pela memória, pela fala e até pelo controle dos músculos.

– Isso aí eu sei. Quem controla os meus músculos sou eu – um deles mostrou o volume dos bíceps.

– E essa cor? Você não explicou a cor – quis saber o outro.

– O cérebro de uma pessoa viva, em funcionamento, é meio esbranquiçado. Se partido ao meio, apresenta um tom rosado devido à vascularização sanguínea.

– Que nome complicado!

– Acho que vocês têm dificuldade de entender as coisas. Posso repetir – disse Gil irônico.

Anthony não gostou. Fechou a cara.

– Pra mim esse tom rosinha aí é por outro motivo, né, não? – e Anthony deu um empurrãozinho no ombro de Gil, provocando.

Duda perdeu a paciência. Foi até o estande furiosa.

– Saiam daqui!

Porém, a ordem foi dada por Alan. A garota até se surpreendeu com o tom de voz e a cara séria dele. O trio encarou o rapaz.

– Ah, é o escritorzinho. Vai querer bancar o herói das minorias agora?

– Com essa cara, só se for o Deadpool ou o Coisa – riu outro.

– Esse pra arranjar namorada só se vir de máscara para a escola.

Quando Alan ia avançar para cima dos três, uma mão pousou delicadamente, mas firme, no peito dele. Em seguida, ele recebeu um beijo. De Duda. Na boca.

– Tá tudo bem, amor? – ela perguntou, fazendo um carinho no peito agitado do rapaz para acalmá-lo, enquanto olhava com um sorriso sarcástico para o trio.

Anthony e os companheiros foram embora.

Duda ainda quis sentir um pouco mais a força do coração de Alan batendo dentro do peito, mas se afastou um pouquinho. Pelo menos por enquanto.

40

OS QUATRO GRANDES

Alan fora pego de surpresa pelo beijo de Duda. E estava desconcertado. Procurou Gil no estande e não o viu. Pensou que ele ficou magoado com o que vira. Perguntou:

– Cadê Gil?

– Fiz um sinal para ele procurar Heloísa. Ela vai dar um jeito naqueles três. Desculpa ter me metido.

– Então, ele não viu o beijo?

– Não. Mas qual o problema?

– É... Nada.

– Você não gostou?

– Gostei. Gostei sim – e depois encarou Duda por um segundo. – Gostei muito.

– Eu sei – ela riu, tentando descontrair um pouco. – Esses batimentos todos aí não são só de raiva. Eu imagino.

Encabulado, Alan não soube o que falar. Duda continuou:
– Detesto *bullying*. Parece que as pessoas não sabem o quanto podem magoar outra.
– Sabem sim – sentenciou Alan. – Por isso fazem.
– Penso também uma coisa.
– O quê?
– Pra mim, quem agride quer esconder a própria fraqueza. Quando alguém quebra os padrões da sociedade, assusta. Aí, os outros machucam quem se afasta do considerado "ideal". É muito mais fácil do que tentar entender. Respeitar deveria ser tão simples, né? Mas muita gente dá pitaco, faz comentário desnecessário, pura violência verbal. Ou até mesmo física! Me preocupo. Perco a paciência. É preciso entender e aceitar mais o outro.

Alan agora compreendia melhor um montão de coisas. Cenas do passado começavam a fazer sentido e ele percebia que tinha entendido tudo errado. O ciúme cegava.

Amor e amizade podem até ter semelhanças, porém são diferentes. Na amizade, há um pouco de amor. No amor, também há amizade. A proporção só a cabeça, ou o coração, pode determinar.

– Oi? – Duda levantou o rosto do rapaz com carinho. – A gente pode conversar sobre a gente?

Ele fez que sim.

Procuraram um lugar mais vazio na quadra. Foram para um cantinho da arquibancada mais sossegado enquanto a Feira de Conhecimentos seguia a todo vapor. Alan se sentou. Duda continuou em pé. Ela disse:

– A gente tem tudo pra dar errado – Alan arregalou os olhos ao ouvir a declaração. Após uma pausa, Duda prosseguiu: – Uma menina medrosa e um menino que curte histórias de mistério, suspense, horror. Um menino que já sabe o que quer e uma menina que não faz a menor ideia (mas até que estou pensando na possibilidade de cursar Psicologia)... Um menino, sem querer ofender, com a autoestima lá embaixo e uma menina, que tem síndrome do pânico, com a insegurança lá em cima. Uma menina mais branca que a Branca de Neve e um menino que se deixou enganar e não viu que estava longe de ser a criatura do Dr. Victor Frankenstein.

"O que Duda queria com tudo aquilo?", ele se perguntava.

– Não somos perfeitos, Alan. Nós não somos ideais. Mas é por isso mesmo que a nossa história pode ser extraordinária.

Alan não tinha mais tempo a perder. Já esperara, sofrera e tivera dúvidas demais. Levantou-se, beijou Duda e, envolvendo-a num abraço, tirou-a do chão, retribuindo a surpresa que ganhara havia poucos minutos.

– Ai, que casal lindo!

Alan e Duda sorriram. Era Marjorie.

– Desculpa interromper, maninho e cunhada, mas Lila tá chamando todo mundo pra apresentação cultural e só vocês não escutaram, né?

A dupla riu. Quase ninguém mais na arquibancada.

– Vamos lá – disse Alan.

– O que vai ser? – perguntou Duda.

– Uma ciranda – respondeu Marjorie.

No centro da quadra, a roda se formava. Gil já estava lá. Alan viu também Anthony, Breno e Caio saindo da quadra ao lado de Heloísa. Ela estava visivelmente muito brava.

A música começou. Lila pediu ao microfone:

– Vamos! Todos! Juntos!

Lançando um olhar ao redor, Alan viu Danilo e Ariadne, ela insistindo com ele para participar daquele momento. Ao lado, Júlia e Gustavo, que fez um carinho na mão da namorada com o rosto. Do outro lado, Makoto e Letícia, que trocaram um beijo rápido antes de entrarem no grande círculo. Nesse segundo, Duda pegou uma das mãos de Alan. Ele sorriu enquanto ela também segurava a mão de Marjorie. Em seguida, ele estendeu a mão para Gil, que retribuiu o gesto com um movimento de cabeça, agradecido.

Aumentaram o som. Os quatro se uniram à ciranda.

Ali, de mãos dadas, os quatro tiveram certeza de que eram grandes.

SEVERINO RODRIGUES

Meu nome é Severino Rodrigues. Sou escritor de literatura juvenil e professor de Língua Portuguesa no Instituto Federal de Pernambuco (IFPE). O dia a dia com os adolescentes me inspira. Quais os medos e mistérios que cada um esconde – ou melhor, guarda na própria cabeça? Aquele sorriso tímido, aquele olhar que teme encarar, aquele gesto que não se compreende bem... São inúmeros, talvez um milhão mesmo, os mistérios que cada ser humano vivencia todos os dias. Imagine, então, numa sala de aula, todas essas questões simultaneamente em conflito? Por isso, a literatura para a juventude tem a função de inquietar, incomodar e fazer pensar; falar de medos, inseguranças, traumas, assédios, preconceitos para despertar, nos leitores, a coragem e a vontade de mudar o mundo. Só assim podemos desvendar um pouco mais os mistérios dos outros e de nós mesmos. E verdadeiramente crescemos!

JULIA BACK

Eu me chamo Julia Back. Sou catarinense, ilustradora e formei-me em 2010 em Design Gráfico pela Universidade Federal de Santa Catarina (UFSC). Atualmente moro em Porto Alegre, onde vivo um sonho de infância: passar meus dias dentro de um estúdio criativo. Cada novo projeto é o que faz meu mundo girar.

1 milhão de mistérios me fez pensar muito sobre empatia e como ela é desafiadora, especialmente na adolescência. O legal é que, ao entendermos o outro, também nos sentimos conectados. Leitoras e leitores, espero que, ao dar "cara" ao tema e aos personagens, eu me conecte com vocês!

Este livro foi composto com a família tipográfica
DIN para a Editora do Brasil em 2021.